이솝 우화 전집

이솝의 초상

(벨라스케스 그림, 스페인 프라도 미술관 소장)

현대지성 클래식 32

이솝 우화 전집

AESOP, THE COMPLETE FABLES

이솝 | 아서 래컴 외 그림 | 박문재 옮김

현대
지성

차례

일러두기

- 이 번역서의 대본은 1927년 에밀 샹브리(Émile Chambry)가 간행한 *Ésope Fables, Texte Établi et Traduit par Émile Chambry* (Collection des Universités de France: Paris, 1927)이다. 이 판본에서 샹브리는 358개의 우화에 그리스어 알파벳 순서로 번호를 매긴 뒤 각 우화의 그리스어 원문과 프랑스어 번역문을 배열해놓았다.
- 각 우화에 달린 "교훈"은 이솝 우화를 수집한 사람들이 덧붙인 것들로, 교훈이 달리지 않은 우화도 일부 존재한다.
- 따로 표시하지 않은 각주는 모두 옮긴이가 단 것이다.

좋은 것들과 나쁜 것들

좋은 것들은 힘이 없어서 나쁜 것들에게 쫓겨 다녔다. 그래서 하늘로 올라가 자기들이 어떻게 해야 사람들과 함께할 수 있겠느냐고 제우스*에게 물었다. 제우스는 한꺼번에 가지 말고 한 번에 하나씩만 가라고 그들에게 말해주었다.

이렇듯 나쁜 것들은 사람들 가까이 있기 때문에 한꺼번에 신속하게 몰려오지만, 좋은 것들은 하늘로부터 하나씩 내려와야 하기 때문에 드문드문 더디게 온다.

좋은 일은 자주 일어나지 않는 반면에,
나쁜 일은 연달아 일어난다는 뜻이다.

---

* "제우스"는 그리스 신화에 등장하는 올림포스 열두 신 중에서 최고신의 이름이다. 당시에는 그 외에 여러 신이 있었지만, 이솝 우화에서 동물들이 신에게 청을 할 때는 항상 제우스를 찾는다.

독수리와 여우

독수리와 여우가 서로 친구가 되어서는, 함께 어울려 살다 보면 우정이 더 돈독해지리라고 생각해서 서로 가까운 곳에 살기로 결정했다. 독수리는 아주 높은 나무로 올라가 그 가지에 둥지를 틀었고, 여우는 나무 아래에 있는 덤불 속으로 들어가 새끼를 낳았다. 어느 날 여우가 먹이를 구하러 나가자, 먹이가 없어 어려움을 겪던 독수리는 덤불을 덮쳐 새끼 여우들을 채가서 자기 새끼들과 함께 먹어치우고 말았다.

얼마 후에 집으로 돌아와 벌어진 일을 알게 된 여우는 자기 새끼들의 죽음보다도 그 원수를 갚아줄 수 없다는 사실 때문에 더 괴로웠다. 땅을 걸어다니는 들짐승이 하늘을 날아다니는 날짐승을 따라가서 잡기란 불가능했기 때문이었다. 여우는 능력도 없고 힘도 없는 자신을 한탄하며 멀리서 원수를 저주할 뿐이었다. 하지만 독수리가 우정을 모독한 데 대한 응징을 당하기까지는 시간이 오래 걸리지 않았다.

어떤 시골 사람들이 염소를 희생 제물로 바치고 있을 때, 독수리는 제단 위를 덮쳐 그 위에서 불타고 있던 염소의 내장을 낚아채서 나무 위에 있는 자신의 둥지로 가져왔다. 그때 강풍이 불어 내장 속에서 다 꺼져가던 약한 불씨가 불꽃으로 바뀌어 둥지에 옮겨붙었다.

이렇게 해서 불이 났고, 아직 다 자라지 않아 날 수 없었던 새끼 독수리들은 땅으로 떨어져 죽었다. 그러자 여우는 독수리가 지켜보는 앞에서 그 새끼들을 모두 먹어치워버렸다.

우정을 모독한 자는 힘없는 피해자의 보복은 피할 수 있을지라도
신에게서 오는 응징은 피할 수 없음을 이 이야기는 보여준다.

3

신상 판매상

어떤 사람이 나무로 헤르메스[*]의 신상을 만들어서 장으로 팔러 갔지만, 사려는 사람이 아무도 나타나지 않았다. 그는 손님을 끌기 위해 자신이 복과 재물을 가져다주는 신을 팔고 있다고 외쳤다.

근처에 있는 사람들 중에서 어떤 이가 그에게 말했다. "이보시오, 정말 그런 신이라면 옆에 두고 그분이 주는 재물을 누려야지, 왜 팔려고 하는 것이오?"

그러자 그가 대답했다. "내게는 지금 당장 재물이 필요하지만, 이 신에게 재물을 얻어내려면 시간이 좀 걸리기 때문이오."

재물을 얻는 데만 혈안이 되어
신들조차 안중에 없는 사람에게 들려주는 이야기다.

---

[*] "헤르메스"는 제우스의 아들로 올림포스 열두 신 중 전령의 신이자 상인과 도둑의 수호신이다.

4
독수리와 쇠똥구리

독수리[*]가 토끼를 뒤쫓고 있었다. 토끼는 자기를 도와줄 자를 찾아보았지만, 눈에 보이는 것은 쇠똥구리[**]밖에 없었다. 토끼는 쇠똥구리에게 도움을 요청했다. 그러자 쇠똥구리는 토끼를 다독거려서 안심시킨 후에, 다가오는 독수리를 마주해 저렇게 살려달라고 애원하는 토끼를 제발 채가지 말아달라고 간청했다. 하지만 독수리는 작은 쇠똥구리를 업신여기고는 쇠똥구리가 보는 앞에서 토끼를 잡아먹어버렸다.

그러자 이 일에 앙심을 품은 쇠똥구리는 그때부터 독수리가 둥지를 트는 곳이면 어김없이 나타났다. 그리고 독수리가 알을 낳을 때마다 몸을 일으켜 그 둥지로 기어올라가, 알을 밖으로 굴려 떨어뜨린 뒤 깨진 알을 먹어치워버렸다.

결국 독수리는 어떻게 할 도리가 없어 제우스에게로 도망쳐(독수리는 제우스 신에게 드려진 신성한 새였다) 알을 낳아서 안전하게 새끼를 기를 만한 곳을 마련해달라고 간청했다. 제우스는 독수리가 자기 무릎 위에서 알을

---

[*] "독수리"는 그리스 신화에서 제우스가 변신할 때의 모습이기도 하고, 제우스의 명령을 전달하는 사자이기도 하다. 그래서 그리스 그림과 조각에서는 제우스와 독수리가 함께 등장하는 사례가 많다. 인류를 위해 불을 훔쳤던 프로메테우스는 제우스가 보낸 독수리에게 영원히 간을 쪼아 먹히는 형벌을 받는다.

[**] 고대 이집트인들은 쇠똥을 굴리며 가는 "쇠똥구리"에서 태양을 움직이는 태양신 라를 연상했다. 태양신 라의 분신인 케프리는 쇠똥구리 모습을 하고 있다.

낳을 수 있게 해주었다.

이 사실을 안 쇠똥구리는 쇠똥을 굴려서 공처럼 만든 후 그것을 가지고 날아올라서 제우스의 무릎 위에 떨어뜨렸다. 그러자 제우스는 쇠똥을 털어내려고 일어섰고, 그 바람에 독수리의 알들은 떨어져 깨지고 말았다. 이 일 후로 쇠똥구리가 출현하는 시기에는 독수리들이 알을 낳지 않는다.

업신여김을 당하고도 전혀 복수할 수 없을 정도로 힘이 없는 존재는 없다는 사실을 명심하고, 누구도 하찮게 여겨서는 안 된다는 이야기다.

독수리와 갈까마귀와 목자

독수리가 높은 바위에서 날아 내려와서 새끼 양 한 마리를 낚아채갔다. 이것을 보고 시샘이 난 갈까마귀는 자기도 한번 그렇게 해보고 싶어서, 요란한 소리를 내며 숫양을 내리 덮쳤다. 하지만 숫양의 푹신푹신한 털에 발톱이 박혀, 세차게 파닥거리며 발버둥을 쳤음에도 발톱을 빼내 도망칠 수 없었다. 결국 목자가 무슨 일이 일어났는지 알고 달려와서는 갈까마귀를 사로잡았다.

목자는 갈까마귀의 날개를 꺾어서 날아가지 못하게 한 후에, 저녁이 되자 집으로 가져가서 아이들에게 주었다. 아이들이 이 새가 무슨 새냐고 묻자, 목자는 말했다. "이 새는 갈까마귀가 분명한데 독수리가 되고 싶어 하는 것 같구나."

자기보다 더 강한 자를 이겨보려고 했다가는,
이기지도 못할뿐더러 웃음거리로 전락한다.

날개 꺾인 독수리와 여우

하루는 어떤 사람이 독수리 한 마리를 사로잡았다. 그는 독수리의 날개를 꺾은 후 마당에 풀어놓고 집에서 기르던 다른 새들과 함께 살게 했다. 독수리는 너무나 괴롭고 슬퍼서 머리를 푹 숙인 채 아무것도 먹지 않았다. 마치 감옥에 갇힌 왕 같았다.

그러던 어느 날 독수리는 다른 사람에게 팔렸는데, 그는 독수리의 날개를 세우고 상처 난 곳에 몰약을 발라 다시 날게 해주었다. 하늘로 날아오른 독수리는 토끼를 발견하고는 낚아채어 두 번째 주인에게 선물로 주었다.

그것을 본 여우가 말했다. "너는 그 선물을 두 번째 주인이 아니라 첫 번째 주인에게 주었어야 했어. 두 번째 주인은 천성적으로 착해. 하지만 첫 번째 주인이 너를 또다시 붙잡는 날이면 네 날개를 꺾을 것이니, 그렇게 되지 않으려면 첫 번째 주인에게 선물을 해야지."

은혜 입은 사람들에게 아낌없이 보답하면서도, 자기에게 해를 입히는
악인들의 마음도 돌려놓는 것이 현명한 처사다.

화살에 맞은 독수리

독수리가 토끼를 사냥하려고 높은 바위에 앉아 아래를 굽어보고 있었다. 그때 어떤 사람이 독수리에게 활을 쏘았고, 화살이 독수리에게 박혔다. 깃털 달린 화살대 끝부분이 독수리 눈앞에 꼿꼿이 서 있었다. 이것을 본 독수리가 말했다. "이렇게 죽게 된 것도 원통한데, 내 깃털에 그리 되다니 더더욱 분하구나."

자기가 가장 자랑스러워하는 것에 당했을 때
가장 큰 고통을 느낀다.

나이팅게일과 매

나이팅게일이 평소처럼 높은 참나무 위에 앉아 있었다. 때마침 배가 고 팠던 매가 나이팅게일을 응시하고 있다가 단숨에 날아 덮쳤다. 나이팅게 일은 자기를 잡아먹어 봐야 성에 차지 않을 것이니 제발 놓아달라고 애 원했다. 자기는 매의 배를 채우기에는 너무 작아서 배고픔을 해결하려면 더 큰 새를 잡아야 한다는 것이었다.

그러자 매가 정색하며 말했다. "하지만 이미 수중에 있는 것을 내팽개 치고서 아직 눈에 보이지도 않는 것을 뒤쫓는다면, 그게 정말 정신 나간 짓 아닐까?"

더 큰 것을 얻고 싶은 욕심으로 이미 수중에 있는 것을
내팽개친다면 그야말로 정신 나간 일이다.

9
나이팅게일과 제비

제비는 나이팅게일에게 자기처럼 사람들과 한데 어울려서 살아가라고 조언했다.[*] 그러자 나이팅게일이 말했다. "나는 지난날의 고통스러운 기억[**]을 떠올리고 싶지 않아. 그래서 이런 인적이 드문 곳에서 살아가는 거야."

어떤 일로 고통을 겪은 사람은
자신에게 그러한 고통을 안겨준 장소를 피하고 싶어 한다.

---

[*] "제비"가 어떻게 해서 사람들 사이에서 살게 되었는지에 관한 이야기는 349번 우화(제비와 새들)에 나온다. "나이팅게일"은 몸길이가 16센티미터 정도 되는 갈색 새로, 습기가 많은 관목 숲에서 지렁이나 곤충을 잡아먹고 산다. 고요한 밤중에 우는 소리가 아름다워서 밤꾀꼬리라고도 불린다.

[**] 고대 아테네의 왕 판디온에 관한 신화와 관련 있다. 그에게는 "프로크네"와 "필로멜라" 라는 두 딸이 있었다. 프로크네는 트라키아의 왕 테레우스와 결혼했는데, 테레우스가 자기 처제인 필로멜라를 겁탈하고서 그 일이 탄로나지 않게 하려고 그녀의 혀를 자른 후 외딴 집에 감금해버렸다. 이 일로 죽을 위험에 처한 두 자매가 신들에게 기도하자 신들은 프로크네를 "제비"로, 필로멜라를 "나이팅게일"로 변신시켰다.

아테네의 채무자

아테네에 사는 한 채무자가 채권자에게서 빚을 갚으라는 말을 들었다. 지금은 갚을 돈이 없으니 연기해달라고 사정했지만, 채권자는 들어주지 않았다. 그래서 채무자는 자신의 전 재산인 암퇘지를 끌고 나와서, 채권자가 지켜보는 가운데 팔려고 내놓았다.

손님이 다가와서는 이 암퇘지가 새끼를 잘 낳을 수 있느냐고 물었다. 채무자는 새끼를 잘 낳는 것은 물론이고 아주 많이 낳을 수 있다고 대답하면서, 엘레우시스 밀교 축제 때는 암컷들을 낳아주고 판아테네 축제 때는 수컷들을 낳아준다고 말했다.

그 말을 들은 손님이 깜짝 놀라 어안이 벙벙해지자, 채권자는 말했다. "그 정도로 놀라지 마십시오. 디오니소스 축제 때는 이 암퇘지가 당신에게 새끼 염소들을 낳아줄 것입니다."*

이 이야기는 많은 사람이 자기 이익을 위해서라면 도저히 불가능한 일도 가능하다며 거짓말하길 주저하지 않는다는 것을 보여준다.

---

* "엘레우시스 밀교 축제"는 농업과 곡물의 여신 데메테르를 기리는 축제로, 아테네에서 서쪽으로 20킬로미터 정도 떨어진 해안 도시 엘레우시스에서 매년 10~11월에 열렸다. 이때는 오직 새끼 암퇘지만 제물로 바칠 수 있었다. "판아테네 축제"는 4년마다 아테네의 수호신이었던 아테나를 기리기 위해 열린 축제로, 이때는 오직 새끼 수퇘지만 제물로 바칠 수 있었다. "디오니소스 축제"는 매년 3월에 주신 디오니소스를 기리기 위해 열린 축제로, 이때는 숫염소를 바쳤다.

에티오피아 사람

어떤 사람이 에티오피아 출신 노예를 샀다. 그는 노예의 피부색이 그런 것은 이전 주인이 무관심했기 때문이라고 생각했다. 그래서 그를 집으로 데려와 희게 만들려고 때를 벗기고 광내는 데 사용하는 온갖 것을 다 동원해서 빡빡 문지르고 닦아내고 씻어주었다. 하지만 노예의 피부색을 바꿀 수는 없었다. 도리어 그렇게 하다가 자신만 병들어 눕게 되었다.

천성은 최초의 모습으로 언제까지나 지속됨을 보여주는 우화다.

고양이와 수탉

수탉을 붙잡은 고양이는 무언가 둘러댈 핑계를 찾아 곧 잡아먹으려 했다. 그래서 수탉이 밤중에 시끄럽게 울어 사람들을 성가시게 하고 잠을 설치게 만든다고 야단을 쳤다. 수탉은 자기가 그렇게 하는 이유는 사람들을 깨워서 하루 일을 시작하게 하기 위함이니, 사람들에게 유익을 주는 것이라고 대답했다.

고양이는 또 수탉이 자기 어미나 여자 형제들과 동침하는 것은 순리를 거스르는 불경한 짓이라고 비난했다. 수탉은 자기가 그렇게 하는 이유는 알을 많이 낳기 위해서이므로 그것도 주인의 유익을 위한 것이라고 했다.

그러자 고양이는 당황해하면서도 "네가 그럴듯해 보이는 변명을 아무리 많이 늘어놓아도, 난 너를 포기하지 않아"라고 말하고는 수탉을 잡아먹어버렸다.

이 우화는 천성적으로 악한 자가 나쁜 짓을 하기로 결심한 다음에는
변명이나 핑계를 찾지 못해도 대놓고 나쁜 짓을 저지른다는 것을 보여준다.

고양이와 쥐들

어느 집에 쥐들이 많았다. 고양이는 그것을 알고는 그 집으로 가서 쥐들을 한 마리씩 차례로 잡아먹었다. 계속해서 그렇게 잡아먹히자, 쥐들은 안 되겠다 싶어 모조리 구멍 속으로 들어가 숨어버렸다. 쥐에게 다가갈 수 없게 된 고양이는 쥐들을 구멍에서 끌어낼 묘안을 생각해냈다. 고양이는 옷이나 자루 같은 것을 걸어두는 못 위로 기어올라가 거기에 매달려 마치 죽은 것처럼 있었다.

그때 쥐 한 마리가 구멍에서 머리를 빼꼼히 내민 채 주위를 둘러보다가, 그런 고양이를 발견하고는 말했다. "네가 그런 식으로 진짜 자루가 되었다고 해도, 네게로 가는 일은 절대 없을 거야."

현명한 사람들이라면 일단 누군가가 악하다는 사실을 확인한 후에는 그들이 어떤 속임수를 써도 더 이상 속지 않음을 보여주는 이야기다.

고양이와 닭들

어느 농가에 병든 닭들이 있다는 말을 들은 고양이가 의사로 변장하고 치료하는 데 필요한 도구를 들고 거기로 갔다. 고양이는 농가에 도착해 상태가 어떠냐고 닭들에게 물었다. 닭들은 "당신이 여기에서 떠나주기만 한다면 모든 것이 좋을 것이오"라고 대답했다.

현명한 사람들은 악인들이 아무리 착한 척 위장해도 다 알아차린다.

염소와 목자

목자가 염소들에게 우리로 돌아오라고 소리쳤다. 그런데 염소들 중에서
한 마리가 맛있는 풀을 먹느라고 뒤처져 있었다. 목자는 그 염소에게 돌
을 던졌고, 염소는 정통으로 맞아서 뿔이 부러졌다. 목자는 곤혹스러워
하며 이 일을 주인에게 말하지 말라고 염소에게 당부했다.

　그러자 염소가 말했다. "내가 입을 다물고 있는다고 해도, 이 일이 어
떻게 숨겨질 수 있겠어요? 내 뿔이 부러진 것은 누구나 뻔히 볼 수 있는
걸요."

　잘못이 분명하게 드러났을 때는 누구에게도 숨기기 불가능하다.

염소와 당나귀

어떤 사람이 염소와 당나귀를 키웠다. 주인이 당나귀를 잘 먹이자 염소는 질투심이 발동했다. 그래서 당나귀를 위하는 척하며, 어떤 때는 맷돌을 돌리고 어떤 때는 무거운 짐을 실어 나르는 그는 지금 끝없는 형벌을 받고 있는 것이라고 말해준 후에, 갑자기 발작을 일으킨 척하면서 구덩이로 떨어져 그것을 기회로 좀 쉬라고 조언해주었다.

당나귀는 염소의 말을 믿고 그대로 따라서 구덩이에 떨어졌다가 온몸에 상처를 입었다. 주인은 수의사를 불러서 치료를 부탁했다. 수의사는 염소의 허파를 달여 먹이면 나을 것이라고 말했다. 그래서 주인은 당나귀를 치료하기 위해 염소를 잡았다.

다른 사람을 해치려고 술수를 쓰는 자는
도리어 자신이 그 술수에 휘말려 해악을 당하게 된다.

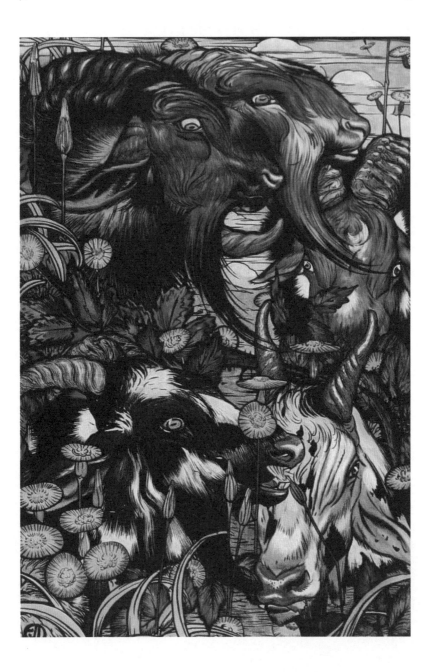

목자와 들염소들

목자가 자기 염소들을 풀밭으로 몰고 갔는데, 자기 염소들과 들염소들이 뒤섞여 있는 것을 보았다. 저녁이 되자, 목자는 모든 염소를 동굴에 있는 우리로 몰아넣었다.

다음 날에는 폭풍우가 심하게 몰아쳤다. 평소처럼 풀밭으로 데려갈 수 없어서, 목자는 우리 안에서 염소들을 보살펴야 했다. 그는 자기 염소들에게는 굶주려 죽지 않을 정도로만 꼴을 주고, 그렇지 않은 염소들에게는 자기 것으로 삼으려는 속셈으로 넉넉하게 꼴을 주었다.

폭풍우가 그치자, 목자는 모든 염소를 이끌고 풀밭으로 나갔다. 그런데 산에 도착하자마자 들염소들이 도망가기 시작했다. 들염소들을 향해, 자기가 정성껏 돌보아주었는데 이렇게 떠나는 것은 은혜를 저버리는 짓이라고 목자가 소리치며 꾸짖자, 들염소들은 돌아서서 말했다. "바로 그것 때문에 우리는 당신을 더욱 경계하게 된 거예요. 어제 당신에게 온 우리를 전부터 당신과 함께했던 이들보다 더 잘 대해준다면, 또 다른 염소들이 당신을 따라올 때 우리보다 그들에게 더 잘해줄 것이 빤하기 때문이지요."

우리를 새 친구로 삼은 사람이 자신의 옛 친구보다 더 잘 대해준다면 마냥 좋아만 해서는 안 된다. 그 사람이 나중에 새 친구를 사귀었을 때는 우리보다 그들을 더 잘 대할 것이기 때문이다.

못생긴 여자 노예와 아프로디테

한 주인이 못생기고 심술궂은 여자 노예를 사랑했다. 여자 노예는 자신의 여주인과 붙어볼 심산으로 주인이 준 돈으로 화려하게 치장하고서, 아프로디테*에게 쉴 새 없이 제물을 바치며 자기를 아름답게 만들어달라고 기도했다.

아프로디테가 여자 노예의 꿈에 나타나서 말했다. "내가 너를 아름답게 만들어줬다고 여기면서 내게 감사할 생각은 마라. 나는 너를 아름답게 만들어준 적이 없기 때문이다. 그런데도 저 사람에게는 네가 아름다워 보이니, 나는 그것이 너무 화가 나고 부아가 치밀어오를 뿐이다."

부끄러운 짓을 통해 부자가 된 데다 못생기고 신분도 천한 사람들은
자기가 대단한 사람이라도 된 것처럼 교만해져 분수를 망각해서는 안 된다.

---

* "아프로디테"는 그리스 신화에서 올림포스 열두 신 중 하나로 미와 사랑의 여신이다. 여성의 성적 아름다움과 사랑의 욕망을 관장한다.

조선소에 간 이솝

우화 작가 이솝이 한가한 때에 배를 만드는 조선소에 갔다. 조선소의 일꾼들이 그를 놀리느라고 어디 이야기나 한번 들어보자고 소리쳤다. 그러자 이솝이 말했다. "아주 오랜 옛날에는 혼돈과 물만이 있었소. 그런데 제우스가 흙이라는 요소를 생겨나게 했고, 흙에게 바다를 세 번 마시라고 했소. 흙이 첫 번째로 마시기 시작하자 산들이 나타났고, 두 번째로 마시자 평야가 드러났소. 만약 흙이 세 번째로 물을 마실 생각을 한다면, 당신들의 기술은 쓸모없어지고 말 것이오."

이 이야기는 자기보다 더 나은 사람을 놀렸다가는
은연중에 도리어 당하게 된다는 것을 보여준다.

두 마리의 수탉과 독수리

두 마리의 수탉이 암탉 몇 마리를 차지하려고 싸웠다. 이윽고 한 마리가 다른 한 마리에게 쫓겨 도망쳤다. 진 쪽은 멀리 도망가서 으슥한 곳에 숨었지만, 이긴 쪽은 집의 높은 담 위로 날아가 올라앉아서 큰 소리로 목청을 높여 울었다. 그러자 그 순간 독수리가 그 수탉을 덮쳐 낚아채 갔다. 그 후로는 싸움에 져서 으슥한 곳에 숨었던 수탉이 마음 놓고 암탉들을 독차지했다.

이 우화는 주님*은 교만한 자들은 배척하지만
겸손한 자들에게는 은혜를 베푸신다는 것을 보여준다.

---

* 교훈에서 "주님"으로 번역한 '퀴리오스(Κύριος)'는 제우스를 비롯한 그리스의 신들을 칭송하는 글에서 사용되었지만, 기독교에서 하나님이나 예수 그리스도를 가리킬 때도 썼다. 그리고 이 교훈의 내용은 성경의 야고보서 4장 6절과 같다.

수탉들과 자고새

자기 집에서 수탉들을 기르고 있던 어떤 사람이 누군가가 길들여진 자고새를 팔려고 내놓은 것을 보고 사서 집으로 가져와서 수탉들과 함께 길렀다. 수탉들은 자고새를 쪼아대고 쫓아다니며 괴롭혔다. 자고새는 자기가 다른 종이어서 이렇게 업신여김을 당한다는 생각이 들어 화도 나고 서글프기도 했다.

하지만 시간이 조금 지난 뒤에 자고새는 수탉들끼리도 서로 싸울 뿐만 아니라, 상대방이 피 흘리는 모습을 보기 전에는 서로 물러서지 않는 것을 보며 이렇게 생각했다. "앞으로는 수탉들에게 쪼이더라도 화내거나 슬퍼하지 않을 거야. 자기들끼리도 저렇게 못된 짓을 서슴지 않고 하잖아."

현명한 사람들은 다른 사람이 자기 가족에게조차 못된 짓을 한다는 것을 알기 때문에, 그들이 자기에게 무례하게 대할지라도 잘 참아낼 수 있음을 보여주는 이야기다.

어부들과 다랑어

고기를 잡으러 나간 어부들이 긴 시간 한 마리도 잡지 못해 몹시 속이 상했다. 그들은 낙담한 채로 배 안에 앉아 있었다. 바로 그때 무언가에 쫓기던 다랑어 한 마리가 우연히 쿵 하는 소리와 함께 배 안으로 뛰어들었다. 어부들은 그 다랑어를 잡아 시내로 가져가서 팔았다.

기술로 해내지 못한 일을 운이 이루어주는 때도 많다.

돌을 잡은 어부들

어부들이 대형 그물을 끌어올리고 있었다. 그물이 무거웠기 때문에 그들은 물고기가 많이 잡힌 줄 알고 기뻐하며 춤을 추었다. 그물을 바닷가로 다 끌어올리고 보니, 물고기는 별로 없었고 돌멩이와 그 밖의 다른 쓸데없는 것이 그물을 가득 채우고 있었다. 그들은 몹시 속이 상했다. 좋지 않은 일 때문이 아니라, 단지 기대했던 바와 정반대의 일이 일어났기 때문이었다.

그들 중에서 어느 나이 지긋한 어부가 말했다. "자, 친구들이여, 이제 그만합시다. 보아하니 기쁨과 괴로움은 서로 형제인 듯하오. 우리가 기쁨을 미리 맛보았으니, 이제는 괴로움을 맛볼 차례가 아니겠소."

인생이 얼마나 변화무쌍한지를 아는 우리는 늘 기뻐할 일만 있으리라
기대해서는 안 되고, 맑은 날이 여러 날 이어지다 보면
폭풍우가 몰아치는 날도 찾아온다는 사실을 명심해야 한다.

피리 부는 어부

피리를 아주 잘 부는 어부가 피리와 그물을 가지고 바다로 갔다. 그는 바다 쪽으로 튀어나온 바위 위에 자리를 잡고 먼저 피리를 불기 시작했다. 고기들이 감미로운 피리 소리를 들으면 자기도 모르게 물에서 튀어 올라 자기에게로 온다고 생각했기 때문이었다. 하지만 아무리 열심히 피리를 불어도 전혀 효과가 없었다.

어부는 피리를 내려놓고 그물을 집어 들어 물속으로 던져 많은 물고기를 잡았다. 물고기들을 그물에서 꺼내 바닷가로 던졌더니, 물고기들이 파닥거렸다. 그것을 본 어부가 말했다. "피리 불 때는 가만있다가 피리 불기를 멈추니까 춤추기 시작하다니, 못된 녀석들이로구나."

때를 놓치고서 어떤 일을 하는 사람에게 필요한 이야기다.

25

어부와 큰 물고기, 작은 물고기

어부가 물고기를 잡기 위해 바다에 던져놓은 그물을 끌어올렸다. 물고기 중에서 크고 힘센 것은 발버둥 치다가 잡혀서 육지에 널브러졌다. 하지만 작은 물고기는 그물코 사이로 빠져 나와서 바다에 남았다.*

평소 큰 행운을 누리지 못한 사람들은 위험에 처해도 쉽게 빠져나오지만, 큰 영예를 누리던 이들은 위험에서 빠져나오기가 쉽지 않다.

---

* 이 우화에서는 "육지에(ἐν τῇ γῇ)"와 "바다에(ἐν τῇ θαλάσσῃ)"를 대비하는 기법을 사용했다.

어부와 농어

바다에 그물을 드리운 어부가 농어[*] 한 마리를 건져 올렸다. 농어는 자기가 아직은 너무 작으니 잡지 말고 제발 놓아달라고 어부에게 애원하며 말했다. "내가 다 자라서 큰 물고기가 되면, 그때 나를 잡으세요. 그렇게 하시면 제가 당신에게 더 큰 이익을 가져다주겠습니다." 그러자 어부가 말했다. "이미 내 수중에 들어와 있는 것을 작다고 포기하고서, 나중에 내 것이 될지 안 될지도 모르는 큰 이익을 바란다면, 나는 그저 멍청이겠지."

이 우화는 미래의 불확실한 큰 이익을 얻으려고 현재 자기 수중에 있는 작은 이익을 포기하는 것은 멍청한 짓임을 보여준다.

---

* "농어"로 번역한 그리스어 '스마리스(σμαρίς)'는 대서양 동부, 인도양 그리고 흑해 등지에 서식하는 농어목의 작은 물고기를 말한다. 이 물고기는 드물게 20센티미터까지 클 수도 있지만 보통 15센티미터정도 자란다.

강물을 때리는 어부

한 어부가 강에서 물고기를 잡고 있었다. 어부는 강둑의 한쪽 끝에서 다른 쪽 끝까지 강을 가로질러 그물을 쳤다. 그런 후에 밧줄 끝에 돌을 묶어서, 그 밧줄로 강물을 때렸다. 물고기들이 깜짝 놀라 도망가다가 엉겁결에 자신이 쳐놓은 그물망에 걸려들게 할 속셈이었다.

그 근방에 사는 사람 한 명이 그렇게 하는 어부를 보고, 그가 그렇게 강물을 흐려놓아 그 물을 마실 수 없다고 말하며 그를 꾸짖었다. 어부는 대답했다. "하지만 강물이 이렇게 탁해지지 않으면, 나는 굶어 죽을 수밖에 없소."

선동정치가[*]는 나라가 여러 편으로 갈라져 격렬하게 싸울 때
가장 큰 이득을 본다.

---

[*] 대중의 편견과 감성에 호소하여 대중을 선동함으로써, 공익을 위장한 사익을 도모하는
정치가 —편집자

물총새

물총새는 혼자 있기를 좋아해서 바다에서 일생을 살아간다. 이 새는 사냥꾼에게서 자신을 보호하고자 해안가의 절벽 틈새에 둥지를 튼다. 어느 날 산란할 때가 된 물총새가 어떤 곳으로 가서 바다 위로 솟아 있는 절벽을 보고 그 틈새에 둥지를 틀고 알을 낳았다. 얼마 후에 물총새가 먹이를 구하러 나간 사이에 돌풍이 불었고, 세차게 불어오는 바람 때문에 높아진 파도가 둥지를 덮쳤다. 둥지는 바닷물에 잠겼고, 새끼들은 다 죽고 말았다.

둥지로 돌아온 물총새는 무슨 일이 벌어졌는지 알고서는 말했다. "나는 정말 박복하구나. 육지에 있으면 위험에 빠질 것을 염려해서 바다로 피신했는데, 바다야말로 더 믿을 수 없는 곳이었다니."

사람도 적의 위험을 피하려고 친구라고 믿었던 이에게 갔는데,

사실은 그 사람 때문에 더 큰 위험을 겪는 때가 있다.

마이안드로스 강변의 여우들

어느 날 여우들이 강물을 마시려고 마이안드로스 강[*]에 함께 모였다. 하지만 강물이 요란한 소리를 내며 빠르게 흘러가는 것을 보고서, 서로 먼저 들어가라고 말만 할 뿐 용기를 내서 대담하게 강물로 들어가지는 못했다. 그러자 그중 한 마리가 다른 여우를 형편없다고 비난하면서 그들의 비겁함을 비웃었다. 그런 후에 자기가 그들보다 훨씬 우월하고 용감하다는 것을 보여주겠다는 듯이 물속으로 뛰어들었다.

그 여우는 거센 물살에 휩쓸려 강 한복판으로 끌려들어갔고, 높은 강둑에 올라가 있던 다른 여우들은 그 여우를 향해 소리쳤다. "우리를 그냥 두지 말고 반드시 다시 돌아와서, 아무 위험 없이 물을 마실 수 있는 입구를 보여주게." 그 여우는 떠내려가면서 대답했다. "나는 밀레토스에 가서 신탁을 받을 일이 있어 지금 거기로 가는 길이네. 신탁을 받고 나면 자네들에게 와서 그 입구를 가르쳐주겠네."

이것은 허세를 부리다가 위험을 자초하는 사람들이 들어야 하는 이야기다.

---

[*] "마이안드로스 강"은 소아시아 남서부를 흘러 에게해로 흘러드는 강으로 지금의 멘데레스 강(Menderes River)이다. 이 강은 굽곡이 심하기로 유명해서, 영어로 "굽이굽이 흐르는 강"을 의미하는 'meander'라는 보통명사가 여기에서 유래했을 정도다. "밀레토스"는 이 강의 하류에 위치한 고대 그리스의 도시였는데, 거기에는 아폴론 신의 신탁소가 있었다.

배가 부풀어 오른 여우

잔뜩 굶주렸던 여우가 참나무에 난 구멍 안에 목자들이 빵과 고기를 감춰둔 것을 발견하고는 구멍을 비집고 들어가서 허겁지겁 먹어치웠다. 하지만 너무 많이 먹어 배가 부풀어 올라 나올 수 없게 되었다. 그러자 여우는 한숨을 푹푹 쉬며 울기 시작했다.

그때 다른 여우가 지나가다가 우는 소리를 듣고 가까이 다가가서 왜 그러느냐고 물었다. 무슨 영문인지 알게 된 그 여우는 참나무에 갇힌 여우에게 말했다. "자네가 거기로 들어갔을 때의 모습이 될 때까지만 거기 잠시 머물러 있게나. 그러면 쉽게 나올 것이네."

이 이야기는 시간이 지나면 어려운 문제도 해결된다는 것을 보여준다.

여우와 포도송이

배고픈 여우가 나무를 휘감고 높이 올라간 포도나무에 포도송이들이 주렁주렁 매달린 것을 보았다. 여우는 그 포도를 따먹고 싶었지만 그럴 수 없었다. 그러자 그곳을 떠나면서 자신에게 말했다. "저건 아직 덜 익은*포도들이야."

자기가 해야 할 일을 능력이 없어 못하고도 운때가 맞지 않아

그런 것이라고 둘러대는 사람들이 있다.

---

* 여기에서 "덜 익은 포도들"로 번역한 것을 다수의 영어 번역본에서는 "신 포도들(sour grapes)"로 번역해왔다. 하지만 여기에서 사용된 그리스어 '옴파케스(ὄμφακές)'는 "덜 익은 포도들"이라는 뜻이다.

여우와 가시나무

울타리를 뛰어넘던 여우가 미끄러져 넘어지던 찰나 도움을 받으려고 가시나무를 붙잡았다. 하지만 발이 가시에 찔려서 피가 나자, 아파하면서 가시나무에게 말했다. "아이고, 내 신세야. 도움 좀 받으려고 너를 의지했는데, 너는 나를 더 궁지로 몰아넣는구나." 가시나무가 말했다. "이봐, 잘못은 네가 했잖아. 나는 원래부터 누가 되었든 다 붙잡는 버릇이 있지만, 나를 적극적으로 잡으려고 한 건 너였으니까."

아무리 위급해도 천성이 악한 자에게 도움을 청하러
달려가 봐야 아무 소용이 없음을 보여주는 우화다.

여우와 큰 뱀

무화과나무가 길옆에 있었다.* 여우는 큰 뱀**이 자고 있는 것을 보고서, 그 긴 모습이 부러웠다. 여우는 뱀과 똑같이 되고 싶어서 옆에 누워 자신의 몸을 길게 늘이려고 시도했다. 하지만 너무 무리해서 늘이려고 하다가 얼떨결에 몸이 찢어져버리고 말았다.

자기보다 더 강한 자들과 경쟁하려고 하는 사람들에게 이런 일이 생긴다.
그런 사람들은 더 강한 자를 따라잡기도 전에 자기가 먼저 찢어진다.

---

* 이 부분은 원전대로 번역한 것이다.

** 여기에서 "큰 뱀"으로 번역한 그리스어는 '드라콘(δράκων)'이다. 그리스어에서 일반적으로 뱀을 이를 때 쓰는 '오피스(ὄφις)'와 다른 것으로 보아, 이 우화의 뱀은 델포이 신전 아래 산다는 신화 속의 뱀까지는 아니더라도 상당히 큰 뱀을 염두에 둔 것으로 보인다.

여우와 나무꾼

사냥꾼들에게 쫓겨 달아나던 여우가 어떤 나무꾼을 보고서 자기를 숨겨
달라고 애원했다. 나무꾼은 여우에게 자신의 초막집으로 들어가 숨어 있
으라고 했다. 얼마 지나지 않아 사냥꾼들이 와서 나무꾼에게 이 근처에
서 여우를 보았느냐고 물었다. 나무꾼은 말로는 못 봤다고 하면서도, 손
짓으로는 여우가 숨은 곳을 알려주었다. 하지만 사냥꾼들은 나무꾼의 손
짓에 신경 쓰지 않고, 그의 말만 믿고 가버렸다.

　사냥꾼들이 떠난 것을 본 여우는 초막집에서 나와 말없이 그대로 떠나
려 했다. 목숨을 구해줬는데도 고맙다는 말 한마디 없다고 나무꾼이 꾸
짖자, 여우가 말했다. "만일 당신이 손짓으로 가리킨 방향과 당신의 말이
일치했더라면, 당연히 당신에게 고맙다는 말을 했을 겁니다."

말로는 사람들에게 아주 잘하면서
행동으로는 비열한 짓을 하는 자에게 들려주는 이야기다.

여우와 악어

여우와 악어가 누구의 가문이 더 훌륭한지를 놓고 다투고 있었다. 악어는 자기 조상들이 얼마나 훌륭했는지를 보여주겠다면서 최대한 길게 누웠다. 하지만 그렇게 한 후에 결국 악어가 한 말이라고는 자기 조상들이 운동선수를 양성하는 학교의 책임자*였다는 것이었다. 그러자 여우가 말했다. "그런 말은 굳이 할 필요도 없어. 네가 오랫동안 운동을 해왔다는 건 네 피부만 봐도 알 수 있기 때문이지."**

거짓말은 결국 그들의 행동으로 탄로 난다.

* 그리스인에게 체육학교는 오늘날의 스포츠센터 같은 곳이 아니라 국가적인 차원에서 중요한 곳이었다. 그 학교의 책임자는 시민들이 선출한 자로서, 거기서 열리는 국가 제전들을 주재하고, 훈련교사를 감독하는 사람이었다.
** 악어의 거칠고 갈라진 가죽을 보고 운동선수의 탄력 있는 피부와 다르다며 비꼬고 있다.
—편집자

여우와 개

여우가 양들의 무리 가운데로 들어가 새끼 양 한 마리를 들어 올려 안고 서 예쁘다고 쓰다듬는 척했다. 개가 여우에게 뭐하는 짓이냐고 묻자, 여우가 말했다. "어린 양을 돌보며 놀아주고 있는 거야." 그러자 개가 말했다. "당장 새끼 양을 내려놓고 보내주지 않으면, 개가 놀아주는 게 어떤 것인지 보여주마."

뻔뻔스럽고 어리석은 도둑에게 해줄 만한 이야기다.

여우와 표범

여우와 표범이 서로 자기가 아름답다고 다투고 있었다. 표범이 툭하면 자기 몸의 다채로운 색깔을 내세우자, 여우가 대답했다. "너는 몸의 색깔이 다채롭지. 하지만 나는 정신의 색깔이 다채로워. 그러니 내가 너보다 훨씬 더 아름다운 거야."

질서정연하여 아름다운 마음과 생각이
아름다운 육체보다 더 낫다는 것을 보여주는 이야기다.

여우와 왕으로 선출된 원숭이

동물들*이 모인 곳에서 원숭이가 춤을 춰 환심을 산 다음에 그들의 왕으로 선출되었다. 여우는 시기심이 발동해서 원숭이에게 앙심을 품었다. 그러다가 고기가 놓인 덫을 보았다. 여우는 원숭이를 그곳으로 데려와서, 자기가 보물을 발견했지만 그 귀한 선물을 왕에게 진상하려고 그 자리에 그대로 두었다고 말했다. 그러고는 원숭이더러 거기로 들어가 보물을 가져가시라고 권했다. 조심하지 않고 다가갔다가 덫에 걸린 원숭이는 여우가 자기를 유인해서 함정에 빠뜨렸다고 꾸짖었다. 여우는 말했다. "이봐 원숭이야, 이렇게 멍청하기 짝이 없는 네가 동물의 왕 노릇을 한다는 게 말이 되느냐?"

깊이 생각하지도 않은 채 일에 착수했다가는
실패는 물론이고 망신 당하고 웃음거리가 되기 십상이다.

---

* 여기에서 "동물"로 번역된 어구는 직역하면 "말 못하는 생물"이다. 반면에, "사람"은 "말 잘하는 생물"로도 표현된다.

자기 가문이 더 훌륭하다고 다투는
여우와 원숭이

여우와 원숭이가 함께 길을 가다가, 누구 가문이 더 훌륭한지를 놓고 언쟁을 벌였다. 각자 자기 가문이 얼마나 훌륭한지에 대해 많은 말을 늘어놓았다. 그러다가 어느 곳에 이르자 원숭이가 눈을 들어 먼 곳을 바라보더니 울먹이기 시작했다. 여우가 왜 그러느냐고 묻자, 원숭이는 무덤들을 가리키며 말했다. "내 조상의 노예들과, 그 조상이 해방시킨 노예들을 보고도 어떻게 울지 않을 수 있겠나." 여우가 원숭이에게 말했다. "그래, 네가 원하는 대로 거짓말을 하거라. 여기 무덤에 있는 자들 중에 다시 살아나서 네 말을 반박할 자는 아무도 없으니까."

거짓말을 하는 자들은 자기 말을 반박할 사람이 아무도 없을 때
가장 크게 허풍을 친다.

여우와 숫염소

여우가 우물에 빠져 밖으로 나올 수가 없었다. 숫염소가 목이 말라 바로 그 우물에 갔다가 여우를 보고서는 물이 좋으냐고 물었다. 여우는 아무 일도 없다는 듯이 아주 만족스러운 얼굴로 물이 얼마나 좋은지 칭찬하는 말을 일사천리로 늘어놓더니, 물이 아주 좋으니 자기가 있는 곳으로 내려오라고 권했다. 숫염소는 물을 마시고 싶은 욕심 때문에 별 생각 없이 내려가서 갈증을 해소한 후에, 올라갈 방법을 여우와 함께 궁리했다.

여우가 말했다. "네가 우리 둘 다 여기에서 벗어나기를 원한다면, 내게 좋은 방법이 있어. 네가 앞발로 벽을 짚고서 뿔을 곧추세우고 있으면, 내가 타고 올라간 후에 너를 끌어올려 주는 거지." 숫염소가 그 제안을 흔쾌히 받아들이자, 여우는 숫염소의 다리와 어깨와 뿔을 타고 기어올라가 우물 입구에서 빠져나오더니 지체 없이 그곳을 떠났다.

숫염소가 약속을 어긴 여우를 꾸짖자, 여우가 돌아와서 숫염소에게 말했다. "이봐, 네 지혜가 턱에 난 수염만큼만 되었더라면, 애초에 다시 올라올 방법을 생각하지도 않고 무턱대고 내려오지는 않았을 거야."

> 현명한 사람이라면 어떤 일을 시작하기 전에
> 그 일의 결과를 먼저 생각해야 한다.

꼬리 잘린 여우

어떤 여우가 덫에 걸려 꼬리가 잘린 후에 너무 창피해서 이대로는 도저히 살아갈 수 없다고 생각했다. 그런데 모두가 다 똑같이 꼬리가 없다면 약점을 감출 수 있다는 생각에, 다른 여우들에게 자기처럼 하라고 권할 계획을 세웠다. 그래서 여우들을 다 모아놓고, 꼬리는 보기에도 좋지 않을 뿐만 아니라 너무 무거워 달고 다니기에도 거추장스럽다고 말하고 모두 꼬리를 잘라버리라고 권했다. 그러자 그중 한 마리가 말했다. "이봐, 우리가 그렇게 하는 게 너한테 이익이 되지 않는다면, 네가 우리에게 권할 리가 없지."

선의가 아니라 자신의 이익을 위해
이웃에게 조언하는 사람들이 있음을 보여주는 이야기다.

사자를 본 적이 없는 여우

사자를 한 번도 본 적이 없는 여우가 어쩌다 사자와 마주쳤다. 처음 보았을 때는 까무러치게 놀라 거의 죽을 뻔했다. 두 번째로 보았을 때는 무섭기는 했지만 첫 번째처럼 그렇게 놀라지는 않았다. 세 번째로 보았을 때는 용기를 내어 다가가서 대화를 나눌 정도가 되었다.

이 이야기는 어떤 것을 자주 접하다 보면 두려움도 완화됨을 보여준다.

여우와 도깨비 가면

여우가 연극배우의 집에 들어가서 그의 의상을 하나하나 살피다가 아주 멋지게 만들어진 도깨비 가면을 발견했다. 여우는 그 가면을 앞발로 들어 올리고서는 말했다. "오, 멋진 머리네. 그런데 머리에 아무것도 안 들었네."

풍채는 크고 그럴듯한데 머리에 든 것은 없는 사람에 관해 말한다.

신들을 놓고 언쟁을 벌인 두 사람

두 사람이 테세우스[*]와 헤라클레스 중에서 어느 신이 더 위대한지를 놓고 언쟁을 벌였다. 그러자 두 신은 각자 다른 쪽 신을 위대하다고 주장한 사람을 응징했다.

아랫사람들이 싸우면 주인들도 싸우게 된다.

[*] "테세우스"와 "헤라클레스"는 인간 세계의 영웅들로 사후에 신의 반열로 올라선 인물들이다. 헤라클레스는 제우스 신과 미케네의 공주였던 알크메네의 아들로 그리스 신화를 통틀어 가장 뛰어난 영웅이었고, 테세우스는 아테네의 왕자로 온갖 괴물과 악당을 물리친 아테네 최고의 영웅이었다.

살인자

살인한 자가 자신이 죽인 사람의 친족들에게 쫓기다가 탁 트인 나일 강변에 이르러 늑대와 맞닥뜨렸다. 그는 겁이 나서 강변에 있는 나무 위로 올라가 몸을 숨겼다. 하지만 이번에는 거기서 큰 뱀이 자기를 향해 기어오는 것을 보고는 강물로 뛰어들었다. 그러자 강물 속에 있던 악어가 그 살인자를 맛있게 먹어치웠다.

죄를 저질러 신의 저주 아래 있는 자에게는
땅도 하늘도 물도 안전하지 않다는 이야기다.

불가능한 일을 약속한 사람

하루 벌어 하루 먹고사는 가난한 사람이 병에 걸려 위중해졌다. 의사들이 치료를 포기하자, 그는 신들에게 기도를 드리면서 소 백 마리를 제물로 바치겠다고 서원하고, 자기를 병석에서 다시 일어나게 해주면 서원대로 헌물을 바치겠다고 약속했다.

마침 옆에 있던 아내가 그에게 물었다. "그런데 그런 것을 어디에서 구해 바치려는 거예요?" 그가 대답했다. "당신은 신들이 나를 회복시켜서 그런 것을 요구할 거로 생각하오?"

실제로 지킬 마음이 없는 일일수록
쉽게 약속한다는 사실을 보여주는 이야기다.

겁쟁이와 까마귀들

어떤 겁 많은 사람이 전쟁터를 향해 떠났다. 길 중간에 까마귀들이 크게 울자, 그는 무기를 떨어뜨린 채로 그 자리에 얼어붙었다. 그러다가 조금 후에 다시 무기를 집어 들고 떠났다. 하지만 다시 까마귀들이 크게 울자, 그는 멈춰 서서 마침내 이렇게 말했다. "너희가 있는 힘을 다해 울어도 나를 잡아먹지는 못할 거야."[*]

이 우화는 지독하게 겁이 많은 사람에 대해 보여준다.

---

[*] 이 겁 많은 사람이 결국 전쟁터로 가길 포기하고 집으로 돌아왔다는 뜻이다.

개미에게 물린 사람과 헤르메스

어느 날 사람들을 태운 배가 가라앉았다. 이것을 본 어떤 사람이 여기서 신들의 심판은 잘못되었다고 말했다. 한 사람이 신들에게 불경죄를 저질 렀다고 죄 없는 다른 사람까지 함께 죽였다는 이유에서였다. 마침 그가 서 있던 곳에 개미들이 많았는데, 그중 한 마리가 이런 말을 하던 그를 깨물었다.

그 사람은 한 마리에게 물렸지만, 거기 있던 모든 개미를 밟아 죽였다. 그러자 헤르메스가 그에게 나타나서 지팡이로 그를 치며 말했다. "너는 지금 개미들을 그런 식으로 심판하고서 신들이 그와 같이 인간을 심판하 는 것을 인정할 수 없다는 것이냐?"

안 좋은 일이 일어났을 때는 무턱대고 신들을 비난하지 말고,
도리어 자신에게 잘못은 없는지 먼저 살펴보아야 한다.

남편과 까탈스러운 아내

어떤 남편에게 집 안 모든 사람에게 늘 까탈스럽게 구는 아내가 있었다. 남편은 아내가 자기 친정집 사람들에게도 똑같이 대하는지 알고 싶었다. 그래서 그럴듯한 핑계를 만들어 아내를 친정집에 보냈다.

며칠 후에 돌아온 아내에게 남편은 친정집에서는 잘 대해주더냐고 물었다. 그러자 아내가 대답했다. "소 치는 목자들과 양치기들이 나를 째려보더군요." 남편이 아내를 향해 말했다. "여보, 당신이 동트기도 전에 가축 떼를 몰고 나갔다가 저녁 늦게야 돌아오는 사람들에게 미움을 받았다면, 종일 당신과 함께 지내는 사람들에게는 어떤 반응을 기대할 수 있을 것 같소?"

작은 일을 보면 큰일을 알 수 있고
눈에 보이는 것을 보면 눈에 보이지 않는 것을 알 수 있다.

협잡꾼

한 협잡꾼이 델포이 신전*에서 주어지는 신탁이 사기라는 것을 증명하 겠다며 어떤 사람과 내기를 했다. 약속한 날이 되자 그는 손으로 참새를 집어 외투 속에 감추었다. 그리고 신전에 도착해서는 신전을 똑바로 마 주보고 선 채로 자기 손안에 있는 것이 숨을 쉬는지 숨이 끊어졌는지 맞 춰보라고 물었다. 신이 숨이 끊어졌다고 말하면 살아 있는 참새를 내보 이고, 숨을 쉰다고 말하면 목 졸라서 죽인 후에 내보일 속셈이었다. 그러 자 신이 그의 악한 속셈을 눈치 채고서 말했다. "이 사람아, 그만 좀 하 게. 자네 수중에 있는 것이 죽은 게 될지 산 게 될지는 자네에게 달려 있 으니 말일세."

이 이야기는 신에게 속한 일에 인간이 개입해서는 안 된다는 것을 보여준다.

---

* 고대 그리스에는 신탁을 받기 위한 신전이 여러 곳에 있었지만, 그중에서 가장 중요한 곳이 "델포이 신전"이었다. 그리스 중부 파르나소스 산 기슭 델포이에 자리 잡은 아폴론 신전은 신탁으로 유명했다. 이솝이 기원전 6세기에 델포이 신전에 가서 거기 있는 제관 들이 사기꾼이라고 비난했다가 절벽에서 떨어져 죽었다는 전승에 비추어볼 때, 이 우화 는 상당히 의미심장하다.

허풍쟁이

자국민들로부터 매번 비겁하다는 비난을 받아왔던 한 5종경기* 선수가 하루는 자기 나라를 떠나 외국으로 나갔다. 그리고 얼마 후에 돌아와서는, 자기가 여러 나라를 돌아다니며 용감무쌍함을 많이 보여주었는데, 로도스에서 멀리뛰기를 할 때는 올림피아 경기에서 우승한 사람 중 그 누구도 해내지 못한 먼 거리를 뛰었다고 허풍을 떨었다.

그런 후에 자기가 그렇게 하는 것을 옆에서 지켜본 사람들이 이 나라에 오면 그들을 증인으로 세우겠다고 말했다. 그러자 거기에 모여 있던 사람 중에서 한 명이 그를 향해 말했다. "이보시오, 그 말이 사실이라면, 당신이 한 일을 증언해줄 증인은 없어도 되오. 여기가 로도스라고 생각하고 멀리뛰기를 하면 될 것 아니겠소."

행동으로 증명할 수 있다면 온갖 말을 늘어놓을 필요가 없다는 이야기다.

---

* 고대 그리스의 "5종경기"는 창던지기, 멀리뛰기, 원반던지기, 192미터 달리기, 레슬링으로 구성되었다. "로도스"는 그리스 아카이아 지방의 주도로 에게해에 있는 섬이다. "올림피아"는 그리스 남부, 펠로폰네소스 반도 서북쪽 엘리스 지방에 있는 제우스의 성역으로, 4년마다 '올림피아 경기'라는 제전이 열렸다.

흰 머리가 많이 난 남자와 그의 첩들

흰 머리가 많이 난 어떤 남자에게 두 명의 첩*이 있었는데, 하나는 젊은 여자였고 다른 하나는 늙은 여자였다. 나이가 많은 여자는 자기보다 나이가 적은 남자를 가까이하는 것이 부끄러워서, 그가 자기를 찾아와 옆에 있을 때마다 그의 검은 머리를 뽑았다. 반면에 젊은 여자는 자기가 함께 사는 남자가 노인이 되는 것이 싫어서 그의 흰머리를 뽑았다. 이렇게 두 여자에게 번갈아 머리털을 뽑힌 남자는 결국 대머리가 되고 말았다.

이처럼 서로 맞지 않는 것은 늘 해로울 뿐이다.

---

* 여기에서 "첩"으로 번역한 그리스어 '헤타이라(ἑταίρα)'는 정실부인이 아닌 후실이나 정부를 가리키는 말이다.

난파당한 사람

아테네의 한 부자가 다른 사람들과 배를 타고 여행을 하고 있었다. 갑자기 거센 폭풍이 불어와 배가 전복되자, 다른 사람들은 모두 헤엄을 쳤다. 하지만 이 아테네 사람은 쉴 새 없이 아테나 여신*의 이름을 부르며 기도하면서 목숨을 구해주기만 하면 많은 제물을 바치겠다고 말만 하고 가만히 있는 것이었다. 그러자 함께 난파당한 사람 중에서 한 명이 그 옆을 헤엄쳐가다가 그를 향해 말했다. "아테나 여신의 이름을 부르면서 당신 손도 움직이시죠."

신들에게 도움을 구하면서 한편으로는 스스로 무언가를 해야 한다. 아무것도 하지 않으면서 오직 신들의 도움으로 곤경에서 벗어날 생각보다는 뭐라도 하면서 신들의 은총을 바라는 편이 바람직하다. 곤경에 처한 자는 거기에서 벗어나기 위해 스스로 애쓰면서 신들의 도움을 구해야 한다.

---

* "아테나 여신"은 그리스 신화에 나오는 올림포스 열두 신 중 하나로 제우스의 딸이다. 지혜, 전쟁, 기술, 직물, 요리, 도기를 주관하는 여신으로 아테네의 수호신이었다. 아테네에 있는 파르테논 신전이 이 여신의 신전이다.

눈먼 사람

한 눈먼 사람이 있었는데, 그는 사람들이 자기 앞에 어떤 짐승을 갖다놓을 때마다 손으로 만져보고 그것이 어떤 종류인지를 어김없이 말해주곤 했다. 어느 날 어떤 사람이 늑대 새끼를 갖다놓자, 그는 손으로 만져보더니 잘 모르겠다는 듯이 미심쩍어하며 말했다. "이게 늑대 새끼인지, 여우 새끼인지 아니면 그런 종류의 다른 짐승 새끼인지는 모르겠지만, 양 떼와 함께 두면 안 된다는 것은 확실히 알겠소."

악인들의 속내는 겉만 보아도 알 수 있다.

사기꾼

한 가난한 사람이 병에 걸리자 신들에게 기도하면서, 자기를 고쳐주면 소 백 마리를 제물로 바치겠다고 말했다. 신들은 그의 말이 진심인지 시험해보려고 재빨리 그의 병을 고쳐 원래대로 회복시켰고, 이 사람은 다시 일어났다. 하지만 그에게는 소가 한 마리도 없었다. 그래서 그는 밀가루로 백 마리의 소를 만들어 제단 위에 태워 신들에게 번제물*로 드리며 말했다. "오, 신들이시여. 보소서, 제가 전에 기도드린 대로 다 행했사옵나이다."

신들은 그를 응징하기 위해 그의 꿈에 나타나서 말했다. "바닷가로 가거라. 거기에 가면 이렇게 생긴 곳이 있을 것인데, 거기에서 1,000드라크메를 발견하게 될 것이다." 잠에서 깨어난 그는 너무나 기뻐 신들이 꿈에서 자기에게 가르쳐준 장소로 전속력으로 내달렸다.

하지만 그는 거기에서 해적을 만나 끌려갔다. 그런 후에 해적들은 그를 어떤 사람에게 노예로 팔아 눈앞에서 1,000드라크메를 받아 챙겼다.

거짓말하는 사람은 신들에게도 미움을 받는다는 이야기다.

---

* "번제"는 짐승을 통째로 다 태워 신에게 바치는 제사로, 거기 사용된 제물을 "번제물"이라고 했다. "드라크메(드라크마)"는 고대 그리스의 화폐 단위로 일꾼의 하루 품삯에 해당하는 금액이었다.

숯장수와 세탁업자

집에서 숯을 만들어 파는 사람이 이웃에 세탁소를 차린 사람을 보았다. 숯장수는 그를 찾아가서, 둘이 한 집에서 살면 서로 가깝게 지낼 수 있고 생활비도 절감될 것이니 자기 집에서 같이 살자고 권했다. 그러자 세탁업자가 말했다. "내 입장에서는 절대 그렇게 할 수 없소. 내가 빨랫감을 새하얗게 세탁해놓으면, 당신이 그것을 숯검정으로 만들어놓을 것이기 때문이오."

이 이야기는 서로 다른 것은 함께 어우러질 수 없음을 보여준다.

사람들과 제우스

전해오는 이야기에 따르면, 제우스 신이 처음에 짐승들을 만들고서 어떤 것에게는 힘을, 어떤 것에게는 민첩함을, 어떤 것에게는 날개를 선물로 주었다고 한다. 그러자 벌거벗은 채로 옆에 서 있던 사람이 말했다. "다른 짐승에게는 다 선물을 주셨으면서 저만 쏙 빼놓고 아무것도 주시지 않는 법이 어디 있습니까?"

제우스가 대답했다. "너는 선물을, 게다가 가장 큰 선물을 받았는데도 그것을 알지 못하는구나. 너는 이미 말[言]이라는 선물을 받았다. 말은 신들에게도 힘을 행사할 수 있고 사람들에게도 힘을 행사할 수 있으며, 다른 힘 있는 것보다 더 힘 있고, 다른 빠른 것보다도 더 빠르지." 그제야 사람은 신이 자기에게 준 선물이 무엇인지를 깨닫고는 신에게 경배하고 감사한 후에 그 자리를 떠났다.

신이 사람에게 말을 주어 모든 사람을 고귀한 존재로 삼았는데도,
어떤 사람들은 그런 고귀함을 깨닫지 못하고
도리어 감정 없고 말도 못하는 짐승들을 부러워한다.

어떤 사람과 여우

여우 때문에 피해를 당해 앙심을 품은 사람이 있었다. 어찌어찌 해서 가까스로 여우를 붙잡은 그는 복수하겠다고 단단히 마음먹고는, 기름에 절여두었던 밧줄을 여우 꼬리에 묶고 불을 붙인 후에 놓아주었다. 여우는 신의 인도하심을 받아 그 사람의 밭으로 뛰어들었다. 때는 곡식을 수확하는 시기였다. 그는 울면서 뒤따라갔지만 아무것도 건질 수 없었다.

사람은 너그러워야 하고 막무가내로 화를 내서는 안 된다.
화를 잘 내는 사람은 자기가 낸 화로 손해를 입는 일이 많다.

함께 길을 간 사람과 사자

어느 날 사자와 사람이 함께 길을 가다가, 서로 자기가 힘이 더 세다고 자랑하며 큰 소리로 언쟁했다. 바로 그때 길옆에 사자의 목을 졸라 죽이는 사람을 조각해놓은 석상이 세워져 있었다. 사람이 그 석상을 가리키며 말했다. "우리가 너희보다 더 힘이 세다는 것을 이제 알겠지." 그러자 사자가 슬쩍 미소를 지어보이며 말했다. "만일 사자들이 조각하는 법을 알았다면, 너는 사자 아래 깔린 사람을 조각한 석상을 수없이 보았을 텐데."

많은 사람이 말로는 자기가 용감하고 대담하다고 자랑하지만,

실제로 시험하고 조사해보면 그렇지 않음을 확인할 수 있다.

사람과 사티로스

어느 날 어떤 사람이 사티로스[*]와 우정을 맹세했다. 겨울이 와서 날씨가 추워지자, 사람은 두 손을 입 근처로 가져와서 호호 하고 불었다. 사티로스가 왜 그렇게 하느냐고 그 이유를 물었고, 사람은 손이 얼어서 온기로 따뜻하게 하는 것이라고 대답했다.

그런 일이 있은 지 얼마 후에 그들은 함께 식탁에 앉아 식사를 했다. 그런데 통째로 나온 고기가 너무 뜨거워서, 사람은 그 고기를 조금씩 떼어서 입으로 가져가서는 호호 불었다. 이번에도 또다시 사티로스는 왜 그렇게 하느냐고 물었고, 사람은 고기가 너무 뜨거워서 식히는 것이라고 대답했다.

그러자 사티로스가 그 사람에게 말했다. "자네는 동일한 입으로 덥히기도 하고 식히기도 하는 사람이니, 나는 자네와 계속 우정을 나누지 못하겠네."

우리 또한 두 마음을 지닌 사람과 우정을 나누는 일은 삼가야 한다.

---

[*] "사티로스"는 그리스 신화에 등장하는 반인반수의 모습을 한 숲의 정령이다. 무리를 지어 술의 신 디오니소스를 따라다니는데, 장난이 아주 심하고 주색을 밝혀 늘 숲의 요정인 님페들의 꽁무니를 쫓아다니는 모습으로 묘사된다.

신상을 박살낸 사람

나무로 만든 신상을 가지고 있던 어떤 사람이, 자기는 가난하니 제발 복을 내려주어 부자가 되게 해달라고 신상에게 간절하게 빌었다. 그렇게 빌었는데도 가난이 더 심해지자, 그는 화가 치밀어 올라 신상의 발을 잡아 벽에 내던져 박살내버렸다. 그 순간 신상의 머리 부분이 깨지면서 거기에서 황금이 쏟아져 나왔다. 그 사람은 황금을 주워 모으면서 소리쳤다. "내가 생각했던 대로 너는 성질이 뒤틀려 있고 은혜를 모르는 자구나. 너를 극진히 대할 때는 전혀 도와주지 않더니, 이렇게 때리니까 비로소 좋은 것을 내놓으니 말이야."

이 우화는 악인을 존중하면 아무 도움도 얻을 수 없지만,
악인을 때리면 많은 도움을 얻는다는 것을 보여준다.

황금으로 만든 사자를 발견한 사람

겁 많은 수전노 하나가 황금으로 만든 사자를 발견하고는 중얼거렸다. "이럴 땐 어떻게 하지? 겁에 질려 혼이 나가버려서, 어떻게 해야 할지 모르겠구나. 돈 욕심과 겁 많은 성격 사이에 끼어 이러지도 저러지도 못하겠구나. 이것은 순전한 행운일까, 아니면 어떤 신이 황금으로 사자를 만들어 여기 갖다놓은 것일까? 한편으로는 황금을 사랑하지만, 황금으로 조각된 사자는 무섭단 말야. 욕심은 붙잡으라고 하고 성격은 멀리하라고 하니, 내 마음은 둘로 쪼개져 있구나. 오, 주어졌지만 붙잡을 수 없는 행운이여! 오, 결코 즐거워하지 못할 보물이여! 오, 결코 감사할 수 없는 신의 은총이여! 그렇다면 어떻게 해야 하나? 어떤 방법을 써야 하나? 뾰족한 수가 없을까? 옳지, 집에 가서 하인들을 잔뜩 데려와서, 힘을 합쳐 이 황금 사자를 옮기게 하고, 나는 저 멀리 떨어져서 구경이나 하면 되겠구나."

많은 재물을 가지고 있으면서도 그 재물을 건드리지도
사용하지도 않는 부자에 관한 이야기다.

곰과 여우

곰이 자기는 사람의 시체를 먹지 않기 때문에 사람을 사랑하고 있다며 떠벌리며 우쭐댔다. 그러자 여우가 곰에게 이렇게 말했다. "너는 그냥 시체들이나 찢고, 살아 있는 사람은 찢지 않았으면 해."

이 우화는 위선과 과시욕으로 살아가는 탐욕스러운 자들을 나무라고 있다.

농부와 늑대

한 농부가 쟁기를 끄는 소 두 마리의 멍에를 풀어 그 자리에 놓아두고 소들을 물통으로 데려갔다. 그사이에 늑대 한 마리가 굶주린 채 먹이를 찾다가 우연히 쟁기 있는 곳으로 왔다. 늑대는 다짜고짜 소들이 멨던 멍에의 끈을 핥아나갔다. 어느 샌가 늑대의 목은 점점 더 멍에 밑으로 들어갔고, 결국에는 멍에에 걸려 빠져나올 수가 없었다. 그러자 늑대는 쟁기를 끌고 밭으로 가서 쟁기질을 했다.

농부가 돌아와서 그런 늑대를 보며 말했다. "오, 나쁜 쪽으로만 머리가 잘 돌아가는 짐승아, 네가 정녕 도둑질과 못된 짓을 그만두고 밭 가는 일을 좋아한다면 얼마나 좋겠느냐."

악인들이 일시적으로 좋은 일을 한다고 해서
그 천성을 믿을 수 있는 것은 아니다.

천문학자

한 천문학자가 있었다. 그는 날마다 저녁이 되면 별들을 관찰하기 위해 외출하곤 했다. 그러던 어느 날 교외로 나가 하늘을 관찰하는 데 온 정신이 팔려 있다가 그만 우물 속으로 떨어졌다. 천문학자는 울며불며 살려달라고 크게 소리쳤다. 그때 옆을 지나가던 사람이 울음소리를 듣고서 다가왔다. 자초지종을 알게 된 행인은 천문학자에게 말했다. "이보시오, 당신은 하늘에 있는 것들을 보다가 땅에 있는 것들은 보지 못했구려."

거창한 일을 한답시고 사람이라면 누구나 하는 일상의 작은 일조차도
제대로 해내지 못하는 사람들에게 해주는 이야기다.

왕을 세워달라고 요구한 개구리들

무정부상태로 살아가는 일이 성가시고 괴롭다고 생각한 개구리들이 제우스에게 대표단을 파견해 왕을 보내달라고 요구했다. 제우스는 개구리들이 선량하다는 것을 알았기 때문에, 연못에 통나무를 하나 던져주었다. 통나무가 떨어지면서 큰 소리가 나자, 개구리들은 처음에는 겁을 집어먹고서 연못 밑바닥으로 내려갔다. 하지만 통나무가 가만히 있자 다시 위로 올라왔고, 결국에는 통나무를 깔보면서 그 위로 올라가서 깔고 앉을 정도가 되었다.

개구리들은 그런 형편없는 왕을 갖게 된 것에 분개해서, 다시 제우스에게 대표를 보내 첫 번째 왕은 너무 게을러서 안 되겠으니 다른 왕으로 바꿔달라고 요구했다. 제우스는 그런 개구리들이 괘씸하여 그들에게 물뱀을 보냈다. 그러자 물뱀은 개구리들을 모조리 잡아먹어버렸다.

여기저기 들쑤시고 다니며 악행을 일삼는 왕보다는
하는 일은 별로 없지만 악하지 않은 왕이 더 낫다는 것을 보여주는 이야기다.

이웃으로 살던 개구리 두 마리

개구리 두 마리가 서로 이웃으로 살고 있었다. 한 마리는 길에서 멀리 떨어진 연못에 살았고, 다른 한 마리는 길 위에 있는 작은 웅덩이에 살았다. 연못에 살던 개구리가 웅덩이에 사는 개구리에게 자기가 있는 곳으로 옮겨와 살라고 권하면서, 그렇게 하면 위험에서 벗어나 더 안전하고 나은 삶을 살게 된다고 말했다. 웅덩이에 살던 개구리는 오랫동안 살아와서 익숙한 곳을 떠날 수 없다면서 그 제안을 거절했다. 그 개구리는 계속해서 거기 살다가, 결국 지나가던 마차에 깔려 죽고 말았다.

늘 하찮은 일만 하다가 더 나은 일을 해보지도 못하고 죽는 사람들이 있다.

연못의 개구리들

개구리 두 마리가 연못에 살고 있었다. 여름에 연못이 말라버리자, 개구리들은 살던 연못을 뒤로 하고 다른 연못을 찾아다녔다. 그러다가 우연히 깊은 우물이 그들 앞에 나타났고, 우물을 본 한 개구리가 다른 개구리에게 말했다. "이보게, 이 우물 속으로 함께 내려가세." 그러자 다른 개구리가 대답했다. "거기로 내려갔다가 이 물도 말라버리면, 우리가 어떻게 올라올 수 있을까?"

이 우화는 여러 가지를 고려하지 않고 무턱대고 일을 시작해서는
안 된다는 것을 보여준다.

개구리 의사와 여우

어느 날 연못에 살던 개구리가 모든 동물을 향해 외쳤다. "나는 약에 대해 잘 아는 의사요." 이 말을 들은 여우가 말했다. "절름발이인 네 자신도 고치지 못하면서, 어떻게 남들을 고치겠다는 것이냐?"

이 우화는 자기가 먼저 배우지 않고서 남을 가르칠 수는 없음을 보여준다.

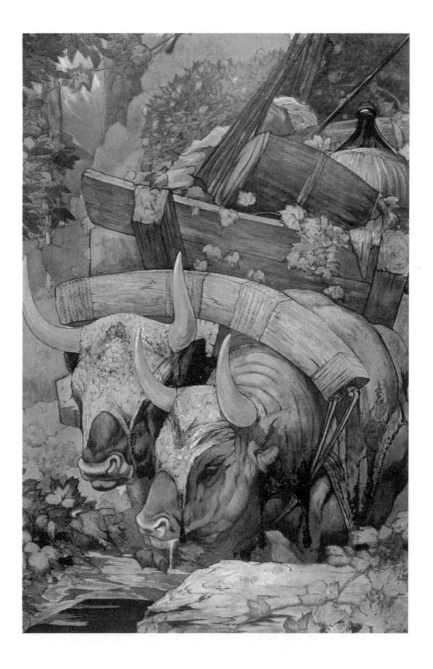

황소들과 굴대

황소들이 달구지를 끌고 있었다. 달구지 바퀴에 있는 굴대가 삐걱대며 날카로운 소리를 내자, 황소들은 뒤를 돌아보고는 굴대를 향해 이렇게 말했다. "이봐, 짐을 끄는 건 우리인데, 왜 너희가 죽는 소리를 내는 거냐?"

힘들게 땀 흘리며 일하는 사람들은 따로 있는데,
자신이 힘들어 죽겠다며 엄살을 부리는 자들이 있다.

황소 세 마리와 사자

황소 세 마리가 늘 함께 풀을 뜯어먹었다. 사자는 이 황소들을 잡아먹고 싶었지만, 늘 함께 붙어 다녀 그럴 수가 없었다. 그래서 사자는 이간질하는 말을 해서 황소들을 서로 갈라놓았다. 그런 후에 황소들이 각자 따로 따로 있는 것을 보고는 한 마리씩 잡아먹었다.

진정으로 위험에서 벗어나 안전하게 살려면,
적들을 믿지 말고 친구들을 믿고 가까이 지내야 한다.

소몰이꾼과 헤라클레스*

소몰이꾼이 달구지를 몰고 마을로 가는 중이었다. 도중에 달구지 바퀴가 움푹 파인 구덩이에 빠졌다. 그는 스스로 달구지를 꺼내려고는 하지 않고, 모든 신들 중에서 가장 존경하는 헤라클레스에게 기도하기만 했다. 그러자 헤라클레스가 나타나서 그에게 말했다. "바퀴를 살펴보기도 하고 소들을 찔러보기도 한 후에 신들에게 기도해야지. 스스로는 아무것도 하지 않으면서 기도해봐야 아무 소용이 없어."

* 이 우화에는 "교훈"이 없다.

북풍과 해

북풍과 해가 둘 중에서 누가 길 가는 사람의 옷을 벗길 수 있는지를 놓고 시합을 했다. 먼저 북풍이 그 사람의 옷을 벗기려고 거세게 불어댔다. 사람이 옷을 꽁꽁 싸매자, 북풍은 한층 더 거세게 공격했다. 추위가 더 심해지자, 사람은 옷을 더 껴입었다. 결국 북풍은 힘이 다 빠져서 사람을 해에게 넘겨줄 수밖에 없었다.

해가 먼저 따뜻하게 비추자, 사람은 아까 껴입었던 옷을 벗었다. 그런 후에 좀 더 따가운 햇볕을 내리쬐자, 사람은 더위를 견딜 수 없어서 결국 옷을 벗어버리고는 근방에 있던 강에 몸을 담그러 갔다.

어떤 일을 해내고자 할 때 힘으로 밀어붙이기보다
설득이 더 효과적인 때가 있음을 보여주는 이야기다.

소 치는 목자와 사자

소를 치는 목자가 소 떼를 먹이다가 송아지를 잃어버렸다. 근방을 다 뒤져보았지만 찾지 못하자, 도둑을 찾으면 새끼 염소 한 마리를 제물로 드리겠다고 제우스에게 맹세했다. 그런 후에 수풀 속으로 들어갔다가 잃어버린 송아지를 먹고 있는 사자를 보았다. 그는 잔뜩 겁에 질려서 하늘을 향해 두 손을 들고 기도했다. "위대하신 제우스시여, 조금 전에 저는 도둑을 찾게 해주시면 새끼 염소 한 마리를 제물로 드리겠다고 맹세했지만, 이제 다시 맹세합니다. 도둑의 손아귀에서 벗어나게 해주시면 황소한 마리를 제물로 드리겠습니다."

　좋지 않은 일이 생겼을 때는 무턱대고 거기서 벗어날 방법을 찾다가도
　정작 찾아냈을 때는 회피하고자 하는 사람들에게 들려주는 이야기다.

홍방울새와 박쥐

창문에 걸린 새장 안에서 홍방울새가 밤마다 노래했다. 박쥐가 그 소리를 듣고 가까이 가서, 낮에는 조용히 있다가 밤에만 지저귀는 이유를 물었다. 홍방울새는 자기가 그렇게 하는 데는 다 그럴 만한 이유가 있다고 하면서, 전에 낮에 지저귀다가 잡힌 경험이 있어서 조심하게 되었다고 말했다. 그러자 박쥐가 말했다. "지금은 그렇게 조심하지 않아도 괜찮아. 잡히기 전에 그렇게 했어야지, 지금은 그렇게 해도 아무 소용이 없잖아."

이 이야기는 좋지 않은 일이 이미 벌어진 뒤에는
후회해도 아무 소용이 없음을 보여준다.

족제비와 아프로디테

족제비가 잘생긴 청년에게 반해 사랑에 빠져서, 아프로디테에게 자기를 여자로 바꾸어달라고 기도했다. 여신은 사랑에 빠진 족제비를 불쌍히 여겨 어여쁜 소녀로 바꾸어주었고,* 청년도 그녀를 보고는 한눈에 반해 자기 집으로 데려왔다.

두 사람이 신방에 있을 때, 아프로디테는 족제비가 몸만 아니라 성격도 바뀌었는지 알고 싶어 쥐 한 마리를 방 가운데 떨어뜨려놓았다. 족제비는 자기가 지금 어떤 처지인지 잊어버리고는 침대에서 벌떡 일어나 쥐를 잡아먹으려고 뒤쫓았다. 그러자 여신은 격분해서 그녀를 이전 모습인 족제비로 돌려놓아버렸다.

천성이 악한 자들은 겉모습이 바뀐다고 해도 본래 성질은 바뀌지 않는다.

---

* "족제비"는 그리스어로 여성명사이기 때문에 여기에서 소녀로 변신한 것이다. 그리스 사람들은 처음에 족제비를 애완동물로 길렀는데, 나중에는 고양이가 그 자리를 차지했다. 그래서 오늘날 사람들은 족제비가 애완동물이었음을 잘 모른다.

족제비와 쇠줄

족제비가 대장간에 들어갔다가 거기 있던 쇠줄을 핥았다. 쇠로 된 줄에 문지른 혀에서는 피가 많이 흘러나왔다. 족제비는 쇠에 덧입혀진 뭔가를 빨아먹는 줄 알고 기뻐하다가, 마침내 혀를 완전히 잃고 말았다.

무슨 일에서든지 이기고 말겠다는 욕심 때문에
화를 자초하는 사람들에게 들려주는 이야기다.

노인과 죽음

어느 날 노인이 나무를 해서 짊어지고 먼 길을 걸어갔다. 그렇게 길을 가다가 너무 힘들어서 짐을 내려놓고는 죽음을 불렀다. 죽음이 나타나서 무슨 이유로 자기를 호출했느냐고 묻자, 노인이 말했다. "짐을 들어서 내등에 좀 올려주시오."

누구나 힘들게 살아갈지라도
사람은 죽음보다는 삶을 선택함을 보여주는 우화다.

농부와 독수리

농부가 그물에 걸린 독수리를 보고 그 아름다움에 감탄해서 그를 풀어 자유롭게 날아가게 해주었다. 독수리는 자신에게 은혜를 베푼 사람을 모른 체하지 않았다. 어느 날, 농부가 곧 허물어질 담장 아래 앉아 있는 것을 본 독수리는 날아가서 농부 머리에 맨 띠를 발톱으로 낚아채 갔다. 농부가 자리에서 일어나 뒤쫓아 가자, 독수리는 머리띠를 땅에 떨어뜨렸다. 머리띠를 집어 들고 다시 제자리로 돌아온 농부는 자기가 앉아 있던 담장이 무너져 내린 것을 발견하고는 독수리의 보은에 감탄하지 않을 수 없었다.

누군가로부터 은혜를 입었다면 보답하는 것이 마땅하다.
그래야 당신이 누군가에게 베푼 은혜도 보답을 받게 되기 때문이다.

농부와 개들

농부가 폭풍우 때문에 집에 갇혀서 양식을 구하러 나갈 수 없게 되었다. 그는 먼저 양들을 잡아먹었다. 그 후에도 폭풍우가 지속되자 염소들을 잡아먹었다. 그래도 폭풍우가 약해지지 않자, 세 번째로 함께 농사를 지었던 소들에게로 향했다. 그러자 지금까지 일어난 일들을 지켜보던 개들이 서로 말했다. "우리는 여기를 떠나야 해. 주인이 자기와 함께 일했던 소들조차도 가만 놔두지 않는데, 어떻게 우리를 살려주겠어?"

가까운 가족에게조차 못된 짓 하기를 서슴지 않는 자들을
조심해야 함을 보여주는 이야기다.

농부와 그의 아이를 죽인 뱀

뱀이 기어가서 농부의 아이를 죽였다. 농부는 너무나 분하고 원통한 나머지 도끼를 집어들고 뱀이 드나드는 굴로 가서 그 옆에 서서 유심히 지켜보았다. 뱀이 나오는 순간 내리칠 생각이었다. 뱀이 머리를 내밀자, 농부는 도끼로 뱀을 내리쳤다. 하지만 뱀을 맞히지는 못했고, 그 옆에 있던 바위가 둘로 쪼개졌다.

후환이 두려워진 농부는 뱀에게 화해를 청했다. 그러자 뱀이 말했다. "쪼개진 바위를 보면 내가 당신을 좋게 생각할 수가 없고, 당신 아이의 무덤을 보면 당신이 나를 좋게 생각할 수 없지 않겠소."

이 이야기는 미움이 크면 화해가 쉽지 않음을 보여준다.

농부와 독사 (원제: 농부와 얼어붙은 뱀)

어느 겨울날 맹추위에 딱딱하게 얼어붙은 뱀을 본 농부가 그를 측은하게 여겨 집어 들고 자기 품속에 두었다. 온기로 몸이 풀리자 원래의 본성을 되찾은 뱀은 자신의 은인을 물어 죽였다. 농부는 죽어가면서 말했다. "악한 자를 불쌍히 여겼으니, 내가 이렇게 당해도 싸지."

아무리 잘 대해주어도 악인은 바뀌지 않는다는 이야기다.

농부와 그의 아들들

어떤 농부가 삶을 마감할 때가 되자, 자기가 죽고 나서 아들들이 농사를 잘 지었으면 좋겠다고 생각했다. 그래서 그들을 불러놓고 말했다. "내 아들들아, 나는 머지않아 세상을 떠나게 될 것이다. 내가 죽고 나면, 내가 포도원에 감춰둔 것들을 모두 찾아내거라."

포도원 어디엔가 보물이 묻혀 있다고 생각한 아들들은 아버지가 죽은 후에 포도원의 모든 땅을 구석구석 깊이 파서 갈아엎었다. 보물은 발견되지 않았지만 땅을 잘 갈아놓은 덕분에 몇 배나 많은 포도를 수확할 수 있었다.

사람들에게는 땀 흘려 일해 얻은 열매가 곧 보물임을 보여주는 우화다.

농부와 행운

어떤 농부가 밭을 가는 도중에 우연히 황금을 발견하고서, 이것이 다 대지의 여신 덕분이라는 생각에 날마다 그 여신상 앞에 화관을 바쳤다. 그러자 행운의 여신이 농부에게 나타나서 말했다. "이봐, 너를 부자가 되게 해준 것은 난데, 도대체 왜 대지의 여신에게 선물을 바치는 것이냐? 나중에 운이 바뀌어 내가 준 황금이 다른 사람 수중으로 넘어가면, 그때 가선 행운의 여신인 나를 원망할 셈이지?"

이 우화는 자기에게 은혜를 베푼 자가 누구인지를 정확히 알고
그 은인에게 보답해야 마땅함을 보여준다.

농부와 나무

한 농부의 밭에 나무가 있었는데, 과일은 열리지 않고 참새들과 시끄럽게 울어대는 매미들의 안식처로서만 쓰였다. 과일이 열리지 않자 농부는 그 나무를 베어버리기로 마음먹었다. 그래서 도끼를 들고 가서 나무를 내리쳤다. 참새들과 매미들은 안식처를 베어버리지 말고, 자기들이 거기서 노래하면서 농부에게 즐거움을 선사할 수 있게 그대로 놓아달라고 애원했다.

하지만 농부는 그들이 사정하든 말든 전혀 신경 쓰지 않고 도끼를 두 번, 세 번 내리찍었다. 그러자 나무에 구멍이 났고, 그 안에서 벌 떼와 꿀을 발견했다. 꿀을 맛본 농부는 도끼를 내팽개치고, 그 나무를 신성하게 여기면서 지극정성으로 돌보았다.

인간은 천성적으로 정의를 사랑하고 존중하기보다는
이익을 추구하는 존재다.

서로 불화한 농부의 아들들

한 농부의 아들들이 늘 서로 불화했다. 말로 수없이 타이르고 설득해도 바뀌지 않았다. 그래서 실제 행동으로 아들들을 깨우치고자 했다. 농부는 아들들에게 막대기 한 다발을 가져오게 했다. 아들들이 시킨 대로 하자, 먼저는 다발로 묶인 막대기들을 그대로 주고 부러뜨려보라고 했다. 하지만 아들들이 온 힘을 다해도 부러뜨릴 수가 없었다. 농부는 그다음으로 다발을 풀고 막대기를 하나씩만 주었다. 아들들이 각자에게 주어진 막대기를 쉽게 부러뜨리자, 농부가 말했다. "아이들아, 이렇게 너희도 마음을 합하면 적들에게 굴복하지 않겠지만, 서로 불화한다면 쉽게 굴복하고 만단다."

불화하면 쉽게 정복되지만, 한마음이 되면 더 강해짐을 보여주는 이야기다.

노파와 의사

눈에 병이 생긴 노파가 보수를 주기로 약속하고 의사를 불렀다. 의사는 노파의 집으로 들어가 눈에 연고를 발라주었는데, 노파가 눈을 감고 있는 동안에 살림살이들을 하나씩 몰래 빼돌렸다. 이렇게 모든 살림살이를 다 빼돌리고 난 후에야 의사는 노파를 다 낫게 해주고는 약속한 보수를 달라고 요구했다. 노파가 보수를 주려 하지 않자 의사는 그녀를 재판장에게 데려갔다.

그러자 노파는 의사가 눈병을 고쳐주면 보수를 주겠다고 약속한 것은 맞는데, 의사에게 치료받은 후에 눈 상태가 이전보다 더 나빠졌다면서 이렇게 말했다. "그때는 집 안에 있는 모든 살림살이가 다 보였는데, 지금은 하나도 볼 수 없기 때문이라오."

하나라도 더 많이 자기 것으로 만들려는 욕심 때문에
악인들은 자기 죄를 밝혀줄 증거를 남긴다.

어떤 부인과 술에 빠져 사는 남편

어떤 부인에게 술에 빠져 사는 남편이 있었다. 부인은 남편의 못된 버릇을 없애고 싶어 꾀를 하나 생각해냈다. 그래서 남편이 술 마시는 것을 유심히 지켜보다가, 그가 잔뜩 취해 깊은 잠에 빠져 시체같이 되었을 때 남편을 어깨에 둘러메고 공동묘지 안으로 들어가서 거기 내려놓고 왔다.

한참이 지난 후에 그 정도됐으면 남편이 술에서 깨어 제정신으로 돌아왔을 것이라고 생각하고는 부인은 다시 공동묘지로 가서 문을 두드렸다. "문을 두드리는 거기 대체 누구요?"라고 남편이 물었다. 부인은 "죽은 사람이 먹을 양식을 가져왔어요"라고 대답했다. 남편이 말했다. "여보, 내게는 먹을 것이 아니라 마실 것을 가져다주시오. 먹을 것만 말하고 마실 것에 대해서는 아무 말도 없으니, 내 마음이 괴롭소."

그러자 부인이 가슴을 치며 말했다. "아이고, 내가 못살아. 그 어떤 꾀도 당신에게는 아무 소용이 없네요. 더 나아지는 것은 고사하고 더욱더 나빠져서, 그 나쁜 병이 이제는 아예 천성이 되어버리고 말았어요."

이 우화는 나쁜 짓을 상습적으로 하다 보면 원하지 않아도
나쁜 짓이 천성이 된다는 것을 보여준다.

과부와 하녀들

일하기 좋아하는 과부에게 하녀들이 있었다. 이 과부는 수탉이 우는 소리가 들리면 꼭두새벽에도 하녀들을 깨워 일하게 하곤 했다. 이런 일이 끊임없이 벌어지면서 녹초가 되어버린 하녀들은 집에 있는 수탉을 목 졸라 죽이기로 작정했다. 수탉이 꼭두새벽에 여주인을 일어나게 해서 불행하다고 생각해서였다. 하지만 정작 그렇게 하자, 하녀들은 더 큰 곤욕을 치르게 되었다. 수탉이 우는 시간을 알지 못하게 된 여주인이 이제는 한밤중에 하녀들을 일어나게 해서 일을 시켰기 때문이다.

많은 사람이 자기에게 유리하게 하려고 술책을 부리다가 더 큰 화를 당한다.

과부와 암탉

과부에게 암탉이 한 마리 있었다. 암탉이 날마다 알을 한 개씩 낳아주었기 때문에, 모이를 더 많이 주면 암탉이 하루에 알을 두 개씩 낳아주지 않을까 생각하고 그렇게 했다. 하지만 암탉은 뚱뚱해져서 더 이상 하루에 한 번도 알을 낳지 못했다.

분수에 지나치게 더 많이 가지려고 욕심을 부리다가는

이미 있는 것조차 잃게 된다는 우화다.

마녀

어떤 마녀가 자기에게는 신들의 노여움을 풀어주는 부적이 있다고 선전했다. 그리고 그 부적을 많이 팔아 꽤 큰돈을 벌었다. 그러자 사람들은 그녀가 기존의 종교를 변질시키고 있다고 고발했다.* 고발한 사람들의 주장이 받아들여져 마녀에게 사형 선고가 내려졌다. 어떤 사람이 법정에서 끌려 나오는 마녀를 보고 말했다. "이보시오, 신들의 노여움을 풀 수 있다고 장담하던 당신이 사람들조차 설득하지 못하다니, 이게 대체 어떻게 된 일이오?"

마녀들은 대단한 일을 할 수 있다고 큰소리치며 대중을 현혹하지만 실제로는 아주 평범한 일조차도 하지 못한다는 것을 보여주는 이야기다.

---

* 고대 그리스에서는 신을 부정하거나 기존의 종교적 가르침과 다른 것을 가르치면 불경죄로 고발되어 사형을 선고받았는데, 기원전 399년에 그런 죄목으로 사형을 당한 소크라테스가 대표적이다. 기원전 324년에는 아리스토텔레스도 그런 죄목으로 고발당했지만, 아테네를 떠남으로 사형 집행은 가까스로 피했다.

암송아지와 황소

암송아지가 일하는 황소를 보면서 그렇게 죽도록 고생하니 참 안됐다고 위로했다. 마침 그때 축제가 시작되자, 사람들은 황소는 멍에에서 풀어주고 암송아지는 신에게 제물로 바치려고 잡아갔다. 이를 본 황소가 미소를 지으며 암송아지를 향해 말했다. "암송아지야, 사람들이 네게 일을 시키지 않은 이유는 너를 번제물로 바치기 위해서야."

위험은 아무 일도 하지 않고 빈둥거리는 자에게 찾아옴을 보여주는 우화다.

겁 많은 사냥꾼과 나무꾼

어떤 사냥꾼이 사자의 발자국을 찾아다니고 있었다. 사냥꾼은 한 나무꾼에게 사자의 발자국을 보았는지, 그리고 사자 굴은 어디에 있는지를 물었다. 나무꾼은 말했다. "그러시다면 당신에게 진짜 사자를 보여드리겠소이다." 이 말을 듣자 사냥꾼은 공포에 질려 이를 덜덜 떨며 말했다. "나는 그저 사자의 발자국을 찾고 있을 뿐이고, 사자를 찾는 것은 아니오."

말로는 대담하고 용감한 체하지만 실제 행동은 그렇지 않은 사람들이 있다.

새끼 돼지와 양들

양들 사이로 들어가 함께 풀을 뜯던 새끼 돼지가 있었다. 그러던 어느 날 목자가 새끼 돼지를 붙잡자, 새끼 돼지는 비명을 지르며 발버둥을 쳤다. 양들은 새끼 돼지에게 소란을 피운다고 꾸짖었다. "목자는 우리도 붙잡지만, 그런 식으로 비명을 지르며 야단법석을 떨지는 않아." 그러자 새끼 돼지가 말했다. "목자가 너희를 붙잡는 것과 날 붙잡는 것은 달라. 너희는 털과 젖을 얻으려는 것이지만, 나는 잡아먹으려는 것이거든."

단순히 돈을 잃는 상황이 아니라 죽을 위험에 처한 사람이
울며불며 소리 지르는 것은 당연한 일임을 보여준다.

돌고래들과 고래들과 피라미

돌고래들과 고래들이 서로 싸움을 벌이고 있었다. 싸움이 커지고 과격해지자, 작은 물고기인 피라미가 수면 위로 올라와서는 그들을 중재해 화해시키려고 했다. 그러자 돌고래 중에서 한 마리가 나서서 피라미에게 말했다. "너를 중재자로 삼기보다는 차라리 우리끼리 서로 싸우다가 죽는 게 더 낫겠어."

실제로는 어떤 일을 해결할 능력이 전혀 없는데도 자신이 그 일을 해낼 만큼 대단한 존재라고 착각하고 끼어드는 사람이 종종 있다.

대중연설가 데마데스

대중연설가 데마데스[*]가 어느 날 아테네 시민을 향해 연설하고 있었다. 그 자리에 모인 사람 중에서 자기 연설을 귀 기울여 듣는 사람이 없자, 그는 자기에게로 주의를 돌리기 위해 이솝 우화를 들려주겠다고 제안했다. 사람들이 그렇게 하라고 하자, 데마데스는 그들에게 이솝 우화를 들려주기 시작했다.

"데메테르와 제비와 장어가 함께 길을 걸어갔소. 강가에 이르자 제비는 날아갔고 장어는 물속으로 들어갔소." 그리고 그는 더 이상 말하지 않았다. 그러자 사람들이 물었다. "그렇다면 데메테르는 어떻게 됐소?" 데마데스가 말했다. "데메테르는 나라와 관련된 일은 제쳐두고 이솝 우화 듣는 데만 정신이 팔려 있는 여러분에게 노하셨소."

꼭 필요한 일에는 별 관심이 없고
재미있는 것만 좋아하는 지각없는 자들이 있다.

---

[*] "데마데스"(기원전 380-319년경)는 선원이었다가 나중에 아테네의 주요한 대중연설가가 된 인물이다. 기지 넘치는 풍자적인 경구로 상대를 제압하는 것으로 유명했다. 키케로는 아테네 사람들 중에 지혜로운 대중연설가가 많은데, 그중에서도 가장 지혜로운 사람은 데마데스였다고 말했다. "데메테르"는 그리스 신화에서 곡물과 대지의 여신으로 특히 밀의 성장과 땅의 생산력을 관장하는 아주 중요한 신이었다.

디오게네스와 대머리*

어떤 대머리에게 욕을 먹은 견유학파 철학자 디오게네스**가 말했다. "나는 욕 같은 것은 하지 않소. 그런 일은 절대 없을 것이오. 도리어 나는 사악한 머리를 떠난 당신의 머리털을 칭찬하고픈 마음이오."

---

* 이 우화에는 "교훈"이 없다.

** "디오게네스"(기원전 400-325년경)는 고대 그리스 견유학파(犬儒學派)의 창시자로 공격적이고 신랄한 말로 유명했다. 그는 소크라테스의 제자이기도 했다. 견유학파는 문명사회의 관습과 제도를 초탈하여 외적 환경에 영향을 받지 않는 자연적이고 도덕적인 삶을 추구했다.

길 떠난 디오게네스

견유학파 철학자 디오게네스가 한번은 길을 떠났다가 세차게 흘러가는 개울을 만났는데, 건널 방법이 없어서 개울가에 우두커니 서 있었다. 그 개울을 어떻게 건너야 하는지를 잘 아는 어떤 사람이 망연자실한 채 서 있는 디오게네스를 보고는 친절하게도 그를 업고 개울을 건네주었다.

디오게네스는 자기가 은혜를 입었는데도 가난해서 보답하지 못하는 것이 마음에 걸려 자신을 자책하며 서 있었다. 그가 그런 생각을 하는 동안에, 그를 도와준 사람은 개울을 건너지 못하던 또 다른 길손을 보고 그에게로 달려가 건네주었다.

그러자 디오게네스는 그에게 다가가서 말했다. "이제 나는 당신이 내게 해준 일에 더 이상 감사하는 마음을 갖지 않겠소. 당신에 사리 분별에 따른 판단이 아니라 마음에 병이 있어 이 일을 한다는 것을 알았기 때문이오."

도움이 꼭 필요한 사람뿐만 아니라
도와주지 않아도 되는 사람에게까지 도움을 주다가는 지각없는 자라는 말을
들을 수도 있음을 이 우화는 보여준다.

참나무들과 제우스

참나무들이 제우스를 원망하며 말했다. "우리는 살아 있더라도 사실은 죽은 목숨입니다. 모든 나무 중에서 우리처럼 언제라도 베일 운명에 놓인 나무는 없으니까요." 그러자 제우스가 말했다. "그렇게 된 원인은 너희에게 있으니, 너희가 겪는 불행은 자초한 것이다. 만일 너희가 여러 도구의 자루로 사용되는 목재를 생산해내지 않았다면, 너희는 목공이나 농사에 쓸모가 없었을 거고, 따라서 도끼도 너희를 베지 않았을 것이기 때문이다."

어리석은 자들은 자신이 불행을 자초하는데도 신을 원망한다.

나무꾼들과 소나무

나무꾼들이 어떤 소나무를 쪼개고 있었다. 그들은 소나무로 만든 쐐기를 사용해 아주 수월하게 나무를 쪼갰다. 그러자 소나무는 말했다. "나를 베는 도끼보다 내게서 생긴 저 쐐기들이 더 원망스럽구나."

남들이 아니라 자기와 가깝거나 친한 사람에게서 안 좋은 일을 당했을 때 더 화가 나고 견디기 어렵다.

전나무와 가시나무

전나무와 가시나무가 서로 언쟁을 벌이고 있었다. 전나무가 으스대며 말했다. "나는 아름답고 장대하고 우람해서, 신전 대들보로 쓰이고 큰 배를 만드는 데도 사용되지. 그런데 어떻게 너 따위가 나와 맞먹으려는 것이냐?" 그러자 가시나무가 말했다. "너를 베는 도끼와 톱을 떠올린다면, 아마 너도 틀림없이 가시나무가 되고 싶어지겠지."*

크게 드러나지 않고 평범하게 사는 것이야말로 위험하지 않은 삶이다.
큰 명성과 명예가 따르는 삶을 산다 해서 으스대서는 안 된다.

---

* 도끼와 톱의 자루를 만드는 데 가시나무가 사용되기 때문이다.

샘가의 사슴과 사자

목마른 사슴이 샘에 와서 물을 마신 후에 물에 비친 자기 그림자를 보았다. 여러 갈래로 쭉 뻗은 큰 뿔을 보았을 때는 자랑스러웠는데, 다리는 한결같이 가녀리고 힘이 없어 보여 몹시 못마땅했다. 사슴이 그런 생각을 하고 있을 때, 사자가 쫓아왔다. 사슴은 도망쳤고, 이내 사자를 훨씬 앞질렀다. 사슴의 강점은 발에 있고, 사자의 강점은 심장에 있기 때문이었다.

탁 트인 벌판에서는 사자를 앞질러 뛰어갔기 때문에 무사할 수 있었다. 하지만 나무가 많은 곳에 접어들면서 사슴은 뿔이 나뭇가지에 걸려 제대로 뛸 수 없었고, 결국 붙잡히고 말았다. 꼼짝없이 죽게 된 사슴이 중얼거렸다. "정말 한심하구나! 못 미더워했던 다리 덕분에 살았는데, 믿었던 뿔 때문에 죽게 되다니."

위험한 상황에 처했을 때 평소 의구심을 품었던 친구들이 우리를 구해주고, 도리어 철석같이 믿었던 친구들이 우리를 배신하는 때가 많다.

사슴과 포도나무

사냥꾼들에게 쫓겨 도망치던 사슴이 포도나무 아래 숨었다. 사슴은 자기가 완벽하게 숨었기에 아무도 볼 수 없다고 생각하고는, 사냥꾼이 지나가기 무섭게 포도나무 잎을 따먹기 시작했다. 잎이 흔들리자, 사냥꾼들은 다시 돌아와 그 포도나무 잎 아래에 어떤 짐승이 숨어 있다고 짐작해 활을 쏘아 사슴을 맞혔다. 사슴은 죽어가면서 이렇게 말했다. "나를 구해 준 포도나무에게 못된 짓을 해서 화나게 했으니, 이렇게 당해도 싸지."

은혜를 원수로 갚는 자들은 신에게 벌을 받는다는 것을 보여주는 우화다.

사슴과 사자 굴

사냥꾼에게 쫓겨 도망치던 사슴이 어느 동굴 앞에 이르러서는, 거기에 사자가 있는 것을 모른 채 안으로 들어가 숨었다. 사슴은 사자에게 잡혀 죽으면서 말했다. "나는 정말 지지리도 운이 없구나. 사람들을 피해 도망치다가 사나운 짐승의 손아귀에 걸려들다니."

작은 두려움을 피하려다 더 큰 위험에 빠지는 사람들이 있다.

한쪽 눈이 먼 사슴

한쪽 눈이 먼 사슴이 바닷가로 가서 풀을 뜯어먹으면서, 온전한 눈으로는 육지 쪽을 바라보며 사냥꾼이 가까이 오는지를 유심히 지켜보고, 보이지 않는 눈으로는 바다 쪽을 바라보았다. 바다 쪽에서 위험이 오리라고는 전혀 생각하지 않았기 때문이었다.

하지만 배를 타고 그곳을 지나던 사람들은 사슴을 발견하고는 화살을 쏘아 명중시켰다. 사슴은 정신이 혼미한 채로 죽어가면서 중얼거렸다. "육지는 위험하다고 생각해 잔뜩 경계했으면서도, 훨씬 더 위험한 바다는 안전하다고 믿었으니, 나는 정말 한심하기 짝이 없구나."

우리에게 위험하고 해롭다고 생각했던 것이 도리어 도움이 되고,

도움이 된다고 여겼던 것이 도리어 우리를 위험에 빠뜨린다.

지붕 위의 새끼 염소와 늑대

어느 집의 지붕 위에 있던 새끼 염소가 지나가는 늑대를 보고 욕설을 퍼붓고 조롱했다. 그러자 늑대가 말했다. "이봐, 내게 욕하는 것은 네가 아니라 그 장소야."

장소와 시간이 유리하게 작용할 때는 자기보다 더 강한 자에게도
도전하게 하는 용기가 생긴다는 우화다.

새끼 염소와 피리 부는 늑대

새끼 염소 한 마리가 무리에서 뒤처져 있다가 늑대에게 쫓기게 되었다. 새끼 염소는 돌아서서 늑대에게 말했다. "늑대야, 난 어차피 네 먹이가 될 테니까 내가 춤을 추며 우아하게 죽을 수 있도록 피리를 불어줄 수 있겠니?"

그렇게 하여 늑대가 피리를 불고 새끼 염소가 춤을 추자, 양치기 개들이 피리 소리를 듣고 달려와서 늑대를 추격했다. 늑대가 뒤돌아서더니 새끼 염소에게 말했다. "백정 주제에 피리 부는 자 행세를 했으니, 이런 일을 당해도 싸지."

어떤 일을 해야 할 시기를 놓쳐버리면 이미 수중에 들어와 있는 것도 잃는다.

헤르메스와 조각가

헤르메스는 자기가 사람들 사이에서 얼마나 큰 공경을 받고 있는지를 알고 싶어서, 사람으로 변장한 다음 조각가의 작업장으로 갔다. 그리고 제우스의 신상을 보며 얼마냐고 물었다. 조각가는 1드라크메라고 대답했다. 그러자 헤르메스는 웃으며 헤라*의 신상은 얼마인지 물었다. 조각가는 더 비싸다고 말했다.

헤르메스는 자신의 신상을 보면서 얼마냐고 물었다. 자기는 사람들에게 이로운 것을 가져다주는 전령이므로, 자기를 훨씬 더 대단하게 여길 것이라고 생각했다. 조각가는 대답했다. "앞서 물어보신 신상들을 사시면, 이것은 덤으로 드리겠소."

헛된 망상에 빠져 다른 사람이 어떻게 생각하는지

전혀 알지 못하는 사람들에게 들려주는 이야기다.

---

* "헤라"는 그리스 신화에서 올림포스 열두 신 중 한 명으로 최고신 제우스의 누이이자 정실부인이다. 결혼생활을 관장하는 수호신이다.

헤르메스와 대지의 여신

제우스가 남자와 여자를 지은 후에, 헤르메스에게 지시해서 그들을 대지
의 여신에게 데려다주고, 대지의 여신에게는 어느 땅을 파야 양식을 얻
을 수 있는지를 그들에게 알려주도록 했다. 헤르메스는 자신에게 주어진
임무를 완수해서 그들을 대지의 여신에게 데려다주었지만, 대지의 여신
은 제우스가 세운 계획에 반대했다. 헤르메스가 제우스의 지시라고 말하
며 압박하자, 대지의 여신은 말했다. "그렇다면 그들이 원하는 대로 땅을
파게 하시오. 하지만 그렇게 하더라도 그들에게 돌아오는 것은 한숨 쉬
고 눈물 흘리는 일뿐일 것이오."

남의 힘을 빌려 어떤 일을 쉽게 하려다 큰 곤욕을 치를 수 있다는 이야기다.

헤르메스와 테이레시아스

테이레시아스*에게 예언하는 능력이 있다는 말이 사실인지를 시험해보고 싶었던 헤르메스는 들에 있는 테이레시아스의 소들을 몰래 데려가 숨긴 후에, 사람으로 변장하고 성내에 있는 그의 집으로 찾아가 묵었다. 자신의 소들이 없어졌다는 말을 전해들은 테이레시아스는 누가 소들을 훔쳐갔는지를 알아내기 위해 헤르메스를 데리고 교외로 나간 뒤 어떤 새가 보이는지 말해달라고 부탁했다.

헤르메스가 처음에 독수리가 왼쪽에서 오른쪽으로 날아가는 것을 보고 그대로 말해주었더니, 테이레시아스는 자신들과는 아무 상관이 없다고 말했다. 헤르메스는 다음으로 까마귀가 나무 위에 앉아 위를 쳐다보았다가 땅을 굽어보았다가 하는 중이라고 말했다. 그러자 테이레시아스는 말했다. "내가 소들을 되찾는 것은 당신이 원하느냐 원하지 않느냐에 달려 있다고 그 까마귀는 하늘과 땅에 맹세하면서 말하는 것이오."

이것은 남의 것을 훔치는 사람에게 해주는 이야기다.

---

* "테이레시아스"는 고대 그리스의 전설적인 맹인 예언자였다. 그는 호메로스 시대 이전에 살았음에도, 그리스 전역에서 모르는 이가 없을 정도로 유명했다. 눈이 멀어 직접 볼 수 없었기 때문에, 딸을 데리고 다니면서 새들이 날아가는 모습을 자신에게 설명해주게 한 뒤 그 징조를 해석하여 미래를 예언했다고 한다.

헤르메스와 기술자들

제우스는 거짓말하게 하는 독을 모든 기술자 위에 부으라고 헤르메스에게 지시했다. 헤르메스는 독초를 빻아서, 정해진 분량의 독을 기술자들 위에 부었다. 이제 남은 자들은 오직 가죽신을 만드는 갖바치뿐이었는데, 독은 아직 많이 남아 있었다. 그래서 헤르메스는 남은 독 모두를 갖바치들 위에 부어버렸다. 이 일이 있은 후로 모든 기술자가 거짓말해서 사람을 속이는 게 일상이 되었는데, 그중에서 갖바치들이 거짓말을 가장 잘했다.

이것은 거짓말하는 사람에게 하는 이야기다.

헤르메스의 수레와 아랍인들

어느 날 헤르메스가 거짓말과 술책과 속임수를 수레에 잔뜩 싣고 온 땅을 두루 다니면서, 나라마다 그 짐을 조금씩 나누어 주었다. 그러다가 아랍인의 나라에 들어갔는데, 갑자기 수레가 망가져버렸다. 아랍인들은 값나가는 짐이 실려 있을 것이라고 생각하고는 짐을 훔쳐가버린 것이다. 그래서 헤르메스는 다른 나라에는 그 짐을 나누어 줄 수 없었다.

아랍인들은 모든 민족 중에서 가장 거짓말을 잘하고
속임수를 잘 쓰는 민족이어서, 그들의 말에는 진실이 없다.

내시와 제관*

내시가 제관에게 가서, 자기가 아이 아버지가 될 수 있게 자기를 위해 신에게 제사를 드려달라고 부탁했다. 그러자 제관이 말했다. "당신의 꼬락서니를 보니 남자가 아닌 것 같은데, 어떻게 아이 아버지가 되게 해달라고 신에게 제사를 드리겠소?"

---

* 이 우화에는 "교훈"이 없다.

원수지간인 두 사람

원수지간인 두 사람이 한 배를 타고 가고 있었는데, 한 사람은 고물에, 또 한 사람은 이물에 앉아 있었다. 폭풍이 불어 배가 가라앉기 직전이 되자 고물에 앉아 있던 사람이 키잡이에게 배의 어느 부분이 맨 먼저 물속으로 가라앉는지를 물었다. 키잡이가 이물이라고 대답하자, 그 사람이 말했다. "내 원수가 나보다 앞서 죽는 것을 보기만 한다면야 내가 죽는 것은 아무 상관이 없소."

이 우화는 원수가 자기보다 먼저 망하는 꼴을 볼 수만 있다면 자기가 망하는 것은 전혀 신경 쓰지 않는 사람이 많음을 보여준다.

독사와 여우

독사가 가시나무 더미 위에서 강물에 떠내려가고 있었다. 지나가던 여우가 그 광경을 보며 말했다. "저 배는 배 주인하고 딱 어울리는구나."

이것은 못된 짓을 일삼는 악인에게 들려주는 이야기다.

독사와 쇠줄

독사가 대장간으로 들어가서, 거기에 있는 도구들에게 선물을 바치라고 요구했다. 그들에게서 선물을 다 받고 나서, 독사는 쇠줄에게 가서 그도 자기에게 뭐든 바치라고 명령했다. 그러자 쇠줄이 말했다. "주는 게 아니라 받는 데 익숙해져 있는 나한테 뭔갈 받아낼 생각을 하다니 정말 어리석군."

이 이야기는 수전노에게서 뭔가를 얻어내길 기대하는 일이
참으로 어리석다는 것을 보여준다.

독사와 물뱀

어떤 독사가 늪으로 가서 물을 마시곤 했다. 하지만 거기에 살던 물뱀은 독사가 풀숲에 만족하지 않고 자신의 생활 터전을 침범해 들어오는 것에 격분해 그를 막아섰다. 그러다가 대립이 점점 심해지자, 둘은 서로 싸워 이기는 쪽이 물과 육지를 모두 자기 터전으로 차지하기로 합의했다.

날짜가 정해지자, 물뱀을 미워하던 개구리들이 독사를 찾아가 자기들도 그에게 힘을 보태겠다고 약속하면서 독사의 사기를 높여주었다. 싸움이 시작되어 독사가 물뱀과 싸우는데, 개구리들은 큰 소리로 울어대는 것 외에는 달리 할 만한 것이 없었다.

마침내 싸움에서 이긴 독사는 개구리들이 자기편이 되어 함께 싸우겠다고 하고는 정작 싸움이 벌어지니까 도와주는 것은 고사하고 노래만 부르고 있었다고 비난했다. 그러자 개구리들이 독사에게 말했다. "이봐요, 우리는 오직 목소리로만 도울 수 있다는 것을 당연히 알았어야죠."

손이 필요한 때 말로 돕는 것은 아무 소용이 없음을 보여주는 이야기다.

제우스와 수치심

제우스가 사람들을 지은 후에 그들 속에 감정을 집어넣었는데, 수치심을 집어넣는 것을 잊어버렸다. 그래서 수치심을 어디로 넣어야 할지를 몰라 어쩔 수 없이 수치심에게 항문을 통해 들어가라고 명령했다. 수치심은 처음에는 부당한 처사라고 분개해서 명령을 거부했다. 하지만 제우스가 강하게 압박하자 이렇게 말했다. "에로스*가 항문으로 들어가지 않게 한 다는 조건만 들어주신다면, 그렇게 하겠습니다. 만약 에로스가 들어온다면, 나는 그 즉시 나올 겁니다." 이 일이 있고 난 후로 모든 동성애자에게는 수치심이 사라졌다.

성애에 사로잡힌 자들에게는 수치심이 없음을 이 우화는 보여준다.

---

* "에로스"는 그리스 신화에 나오는 성애의 신이다. 에로스가 항문으로 들어간다는 것은 동성애를 나타내는 표현이다.

제우스와 여우

영리한 데다가 임기응변에도 능한 여우에게 탄복한 제우스는 왕권을 여우에게 맡겨 동물들을 다스리게 했다. 그런 후에 출세해서 신분이 달라졌으니 약삭빠르게 촐싹거리는 습성도 바뀌었는지를 확인하고 싶어서, 가마를 타고 지나가는 여우의 눈앞에 말똥풍뎅이를 풀어놓았다. 말똥풍뎅이가 가마 주변을 날아다니자, 여우는 끝까지 체통을 지키지 못하고 주책없이 가마에서 뛰어내려 말똥풍뎅이를 잡으려고 했다. 그러자 제우스는 그 모습에 격노해서 여우를 원래 신분으로 돌려놓았다.

본래 천한 자들은 그 외관을 아무리 화려하게 치장해도
그 천성이 바뀌지 않음을 보여주는 이야기다.

제우스와 사람들

제우스가 사람들을 지은 후에 헤르메스에게 명령해서 그들에게 지능을 부어주게 했다. 헤르메스는 동일한 분량의 지능을 만들어 모든 사람에게 하나씩 부어주었다. 그러자 키가 작은 사람들은 그 지능이 온몸에 가득 채워져서 지혜로워졌지만, 키가 큰 사람들은 지능이 온몸에 퍼지지 못해 지혜롭지 못한 자들이 되고 말았다.

몸집은 크면서도 정신적으로는 성숙하지 못한 이들에게 어울리는 이야기다.

제우스와 아폴론

제우스와 아폴론*이 활쏘기 시합을 했다. 아폴론이 활을 당겨 화살을 쏘자, 제우스는 아폴론이 쏜 화살이 떨어진 곳까지 한 걸음에 걸어갔다.

자기보다 더 센 자와 겨루면,

이기지 못하는 것은 물론이고 웃음거리가 되고 만다.

---

* "아폴론"은 그리스 신화에서 올림포스 열두 신 중 하나로 제우스의 아들이다. 태양, 음악과 시, 예언, 의술, 궁술을 주관한다. 델포이에 있는 아폴론 신전은 신탁으로 유명했다.

제우스와 뱀

제우스가 혼인을 하자, 모든 동물이 각자 형편에 맞게 선물을 가져왔다. 뱀은 입에 장미를 문 채로 서서히 기어왔다. 그런 뱀을 본 제우스가 말했다. "다른 동물들이 가져오는 선물은 모두 받겠지만, 네 입에서 나오는 것은 아무것도 받지 않겠다."

이 우화는 악인들의 호의는 두려워하고 경계해야 한다는 것을 보여준다.

제우스와 좋은 것들이 담긴 단지

제우스기 모든 좋은 것을 단지에 담아 밀봉한 후에 어떤 사람에게 맡겼다. 단지에 무엇이 들어 있는지 궁금했던 사람은 그것을 알려고 뚜껑을 개봉했다. 그러자 단지에 들어 있던 모든 좋은 것이 신들에게로 날아가 버리고 말았다.

좋은 것은 이미 모두 달아나버려서 없고, 사람들은 그것이 언젠가 자신에게 주어지리라는 희망만으로 살아간다.

제우스와 프로메테우스와 아테나와 모모스

제우스와 프로메테우스* 그리고 아테나가 뭔가를 하나씩 만들었는데, 제우스는 황소를, 프로메테우스는 사람을, 아테나는 집을 만들었다. 그런 후에 모모스를 심사위원으로 초빙했다.

그들의 예술작품을 보고 시기심이 발동한 모모스는 먼저 황소의 뿔에 눈을 두지 않은 것은 제우스의 실수라고 말했다. 자신이 어디를 치받고 있는지를 볼 수 있어야 한다는 것이었다. 다음으로는 악인들이 자신을 은폐하지 못하도록 프로메테우스가 사람의 마음을 밖에 매달아놓지 않은 것을 지적했다. 그들의 생각을 볼 수 있게 했어야 한다는 것이다. 그리고 세 번째로는 악인이 이웃으로 이사를 온 경우에 쉽게 다른 곳으로 이동할 수 있도록 아테나는 집에 바퀴들을 달았어야 했다고 말했다. 그러자 제우스는 모모스의 시기심에 격노해서 그를 올림포스에서 추방해버렸다.

이 이야기는 모든 면에서 흠잡을 데 없이 완벽한 것은
세상에 존재하지 않는다는 것을 보여준다.

---

* "프로메테우스"는 그리스 신화에 등장하는 티탄 신족으로 제우스가 감춰둔 불을 훔쳐 인간에게 가져다준 존재로 유명하다. "모모스"는 그리스 신화에 나오는 터무니없는 불평과 비난을 의인화한 신이다. 다른 신들을 심하게 헐뜯다가 제우스에 의해 올림포스 산에서 쫓겨났다. "올림포스"는 그리스 북부에 있는 그리스에서 가장 높은(2,917미터) 산으로, 올림포스 열두 신이 사는 곳이라 여겨졌다.

제우스와 거북이

제우스가 결혼하는 날 자기 혼인 잔치에 모든 동물을 초대했다. 그런데 거북이만 오지 않았다. 제우스는 그 이유를 도무지 알 수 없어 몹시 황당해하며, 다음날 혼인 잔치에 오지 않은 이유를 거북이에게 물었다. 거북이가 대답했다. "집이 좋아서요. 집이 최고잖아요." 그 말에 격노한 제우스는 그 후로 거북이가 자기 집을 등에 늘 짊어지고 다니게 했다.

남의 집에서 진수성찬을 먹기보다는
조촐하더라도 자기 집에서 먹으려는 사람이 많다.

재판장 제우스

제우스는 헤르메스에게 사람들이 저지른 죄악들을 도편[*]에 기록해서 상자에 담아 자기 옆에 놓아두게 했다. 모두를 제대로 재판하기 위해서였다. 그런데 그 도편들이 뒤섞여버렸다. 그래서 제우스는 모든 경우에 공평하고 정의롭게 재판하려고 하지만, 어떤 것은 그의 손에 늦게 들어가고 어떤 것은 빨리 들어간다.

정의롭지 못한 악인들이 불의를 자행한 후에
신속하게 그 대가를 치르지 않는다고 이상하게 생각해서는 안 된다.

---

* "도편"은 도자기 파편이나 조개껍질로 된 조각을 가리킨다. 고대 그리스인은 이 도편에 글을 쓰거나 표시를 했는데, 투표할 때도 사용되었다.

해와 개구리들

어느 여름에 해가 결혼을 헸다. 모든 동물이 그 일을 기뻐했고, 개구리들도 아주 기뻐했다. 그러자 한 개구리가 말했다. "이 어리석은 자들아, 너희는 뭐가 좋다고 이렇게 난리냐? 혼자 있는 지금도 해는 이 늪지를 깡그리 말려버릴 수 있는데, 이제 결혼해서 자기와 똑같은 아들을 낳는다면 우리가 겪게 될 고통이 더 극심해질 게 뻔하지 않겠느냐?"

결코 기뻐할 일이 아닌데도 즐거워하는 지각없는 자들이 많다.

노새

보리를 먹고 몸집이 비대해진 어떤 노새[*]가 뛸 듯이 기뻐하며 혼자 큰 소리로 외쳤다. "내 아버지는 빨리 달리는 말이고, 나는 내 아버지를 쏙 빼닮았지." 그런데 어느 날 노새는 어쩔 수 없는 사정이 있어 달리기 경주를 해야 했다. 경주가 끝나자, 그의 표정은 실망감과 분노로 일그러졌다. 이 일로 자기 아버지가 당나귀라는 것을 똑똑히 새겼기 때문이었다.

인생은 언제 어떻게 될지 모르기 때문에
한때 운 좋게 영예를 얻었더라도 자신의 근본을 잊어서는 안 된다는 것을
보여주는 우화다.

* "노새"는 수나귀와 암말의 교배로 태어난 동물로, 외모도 말과 당나귀의 중간 형태다. 털빛은 당나귀의 영향을 받아 암색 계통이 가장 많다. 하지만 갈기나 꼬리털은 말과 비슷하다.

헤라클레스와 아테나*

헤라클레스가 좁은 길을 걷고 있었다. 그때 땅 위에서 사과같이 생긴 것을 보고 깨부수려고 했는데, 그것이 도리어 두 배로 커졌다. 그래서 더 세게 발로 짓밟고 몽둥이로 쳤더니, 그 물체가 크게 부풀어 올라 길을 막아섰다.

헤라클레스는 깜짝 놀라서 몽둥이를 내던진 채 가만히 서 있었다. 그때 아테나가 나타나서 그에게 말했다. "오라버니, 그만하세요. 그것은 경쟁과 분쟁이라는 자인데 건드리지 않고 가만히 두면 그대로 머물러 있지만, 싸움을 걸면 이렇게 부풀어 오른답니다."

싸움과 분쟁이야말로 큰 재앙을 불러오는 화근임은 누가 보아도 분명하다.

---

* "헤라클레스"와 "아테나"는 제우스의 아들과 딸이다. 그 밖에 제우스의 자녀로는 아폴론, 헤르메스, 대장간의 신 헤파이스토스, 아레스, 헬레네, 페르세우스 등이 있다.

헤라클레스와 플루토스

신의 반열에 오른 헤라클레스는 제우스가 베푼 연회에 참석해서 신들을 일일이 찾아다니며 아주 반갑게 인사했다. 그런데 마지막으로 플루토스[*]가 앉아 있는 자리에 이르자, 그를 외면한 채 눈을 내리깔고는 돌아섰다.

헤라클레스의 그런 행동에 깜짝 놀란 제우스가 다른 모든 신들에게는 반갑게 인사하며 말을 걸더니 오직 플루토스만은 외면하고 아래만 쳐다본 이유가 무엇인지 물었다. 그러자 헤라클레스는 말했다. "그를 외면한 이유는 전에 사람들 가운데 있었을 때 대체로 악인들과 어울리는 것을 보았기 때문입니다."

운이 좋아 부자가 되긴 했지만 천성이 악한 사람에 관한 이야기이다.

---

[*] "플루토스"는 그리스 신화에서 부와 풍요를 의인화한 신이다. 대지의 여신 데메테르의 아들로, 어머니와 함께 대지의 풍요로움과 곡물의 수확을 관장하는 신으로 숭배되었다.

영웅

어떤 사람이 한 영웅의 신상을 자기 집에 모셔놓고는 그 앞에 많은 제물을 바쳤다. 그 사람이 영웅에게 제사를 드리려고 제물들을 마련하는 데 돈을 물 쓰듯 하는 일이 계속되자, 어느 날 밤에 그 영웅이 그에게 나타나서 말했다. "이보게, 이제 그 일을 그만두게. 그렇게 해서 자네 재산을 다 탕진하고 나서 가난뱅이가 되면, 그때는 다 내 탓이라고 할 것이니 말일세."

생각 없이 행동하다가 불행해지면 그 원인을 신들에게 돌리는 사람이 많다.

---

* 고대 그리스인에게는 신들이 있었고, 그다음으로 신적인 존재로서 신과 인간을 이어주는 다이몬이 있었으며, 영웅과 인간이 있었다. 고대 그리스에서 '영웅'이라 불린 인물들은 신과 인간의 결합으로 태어난 사람들이었다. 그리스어로 '헤로스'(ἥρως)라는 영웅은 '헤미테오스'(ἡμίθεος, 반신)라고도 불렸다.

다랑어와 돌고래

다랑어가 돌고래에게 쫓겨서 물살을 가르며 쏜살같이 도망쳤는데, 막 잡히려는 찰나에 너무 빨리 헤엄친 나머지 자신도 의식하지 못한 사이에 튕겨 올라 해변에 널브러지고 말았다. 마찬가지로 전속력으로 달려오던 돌고래도 함께 튕겨 올라 똑같이 해변에 널브러졌다. 돌고래가 정신이 아득해지면서 죽어가자, 고개를 돌려 그 모습을 지켜본 다랑어가 말했다. "나를 죽음으로 내몬 자가 함께 죽어가는 것을 보니, 내가 죽는 것도 이제 더 이상 두렵지 않구나."

자기를 불행하게 만든 자들이 똑같이 불행해진 것을 보면
자기 불행을 견디기가 훨씬 수월해진다는 이야기다.

돌팔이 의사

한 돌팔이 의사가 병자를 치료하러 갔다. 다른 모든 의사는 그 병자에게 지금 병들어 죽어가는 것이 아니라 서서히 회복되는 중이라고 했는데, 이 돌팔이만은 그에게 내일을 넘기지 못할 것이라며 신변을 모두 정리하라고 말해주었다. 그리고 그렇게 말한 후에 돌아갔다.

어느 정도 시간이 지나고 나서 병자는 자리에서 일어나 창백한 얼굴로 밖으로 나와 아주 힘겹게 걸음을 옮겼다. 그를 본 돌팔이 의사가 안녕하냐며 인사를 건네고 나서 그에게 말했다. "저승 사람들은 어떻게 지내고 있던가요?"

그러자 병자가 대답했다. "그들은 망각의 강물*을 마시고는 정말 아무 말 없이 조용히 지냅니다. 그런데 얼마 전에 타나토스와 하데스가 병자를 그냥 죽게 내버려두지 않는 의사라는 작자들을 가만두지 않겠다며 무시무시한 경고의 말을 쏟아내면서 모든 의사의 이름을 적어내려 갔소. 그들이 당신 이름도 적으려고 하기에, 내가 그들 앞에 엎드려서 당신은 진짜 의사가 아닌데도 사람들이 근거 없이 의사라고 말하는 바람에 누명을 썼을 뿐이라고 맹세하며 탄원했소."

이 이야기는 아무것도 모르면서 번지르르한 말만 늘어놓는
의사들을 형틀에 묶어놓고 고문하고 있다.

---

* "망각의 강"은 죽은 자들이 저승으로 가기 위해 반드시 건너야 하는 강으로 '레테'라고 하는데, 이 강물을 마시면 이승의 모든 일을 잊게 된다고 한다. "타나토스"는 죽음을 의인화한 신이고, "하데스"는 저승을 다스리는 신이다.

의사와 병자

한 의시가 병지를 치료헤오고 있었다. 그러다가 병자가 죽자, 그 의사는 시체를 내가는 사람들에게 말했다. "만약 이 사람이 술을 그만 마시고 관장을 했더라면 죽지 않았을 것이오." 그러자 거기 있던 사람들 중에 한 사람이 말했다. "이보시오, 이제 그런 말을 해봐야 무엇 하겠소. 그 말이 꼭 필요했을 때는 하지 않다가 지금 그런 말을 한다 해도 아무 소용이 없는데 말이오."

이 우화는 친구가 도움을 절실히 필요로 할 때 도와주는 것이 도리이고, 모든 상황이 끝난 다음에 마치 자기가 나섰다면 해결할 수 있었다는 듯이 조롱하는 어조로 말해서는 안 된다는 것을 보여준다.

솔개와 뱀

솔개가 뱀을 낚아채서 높이 날아올랐다. 뱀은 머리를 돌려 솔개를 물었다. 둘은 높은 곳에서 떨어졌고, 솔개는 죽었다. 그러자 뱀이 솔개에게 말했다. "너를 한 번도 해코지한 적 없는 나를 도대체 왜 해치려 한 것이냐? 그런 나를 네가 낚아채어 갔으니, 너는 거기에 합당한 벌을 받은 것이다."

탐욕으로 자기보다 약한 자들에게 못된 짓을 하는 자들은
결국에는 자기보다 더 강한 자를 만나서
과거 벌인 나쁜 짓들에 대한 대가를 모두 치르게 된다.

말처럼 우는 솔개

전에는 솔개기 지금과는 달리 날카로운 소리로 울었다. 그런데 말이 멋있는 소리를 내며 우는 것을 듣고는 자기도 그렇게 울고 싶어 열심히 따라했다. 하지만 그 소리를 완벽하게 배울 수는 없었고, 설상가상 자신의 원래 울음소리도 잊어버리고 말았다. 그래서 솔개의 울음소리는 말의 것도 아니고 원래 자신의 소리도 아닌 상태가 되었다.

처신이 가볍고 시기심이 많은 사람은 자기 본성과 맞지 않는 것을
따르다가 자기 본성에 맞는 것조차도 잃어버린다.

새 사냥꾼과 코브라

새 사냥꾼이 끈끈이와 끈끈이를 바른 장대를 들고 사냥하러 나갔다. 지빠귀가 높은 나무 위에 앉아 있는 것을 보고는 그 새를 잡아야겠다고 생각했다. 그는 끈끈이를 바른 장대들을 이어 붙여 길게 만든 후에 정신을 집중해서 위를 쳐다보았다.

그러다가 사냥꾼은 자기 앞에서 잠자던 코브라*를 무심코 발로 밟았고, 코브라는 즉시 머리를 돌려 덤벼들어 그를 물었다. 새 사냥꾼은 죽어 가면서 중얼거렸다. "다른 것을 사냥하려다가 도리어 내가 죽음에게 사냥당하고 말았으니, 내 신세가 정말 가련하구나."

이처럼 남을 해치려고 하다가는 자기가 화를 당한다.

---

* 여기에서 "코브라"로 번역한 그리스어 '아스피스'(ἀσπίς)는 이집트에 서식하는 코브라를 가리킨다. 그리스인이 새를 잡는 방식 중 하나는 장대에 끈끈이를 발라 거기에 새의 발이 들러붙어 도망칠 수 없게 만드는 것이었다. 이때 짓이긴 겨우살이 풀이나 참나무 진액 등을 끈끈이로 사용했다. 이와 관련하여 349번 우화(제비와 새들)에서는 겨우살이가 나기 시작하자 제비가 위험을 감지했다는 이야기가 나온다.

늙은 말

늙은 말이 어떤 사람에게 팔려서 맷돌을 돌리게 되었다. 방앗간에 묶이자 말은 크게 한숨을 쉬며 말했다. "평생 경마장을 돌던 나의 최종 목적지가 이런 곳이 되다니."

힘이 넘치고 잘나간다고 해서 교만해서는 안 된다. 힘들고 괴로운 노년을 보내다가 생을 마감하는 사람들이 많기 때문이다.

말과 소와 개와 사람

제우스가 사람을 만들고 짧은 수명을 주었다. 겨울이 되었을 때, 사람은 머리를 써서 집을 마련해 그 안에 들어가 살았다. 어느 날 추위가 극심해지고 비까지 내리자, 더 이상 버틸 수 없는 지경에 이른 말이 허겁지겁 달려와서는 자기에게 피난처를 제공해달라고 사정했다. 사람은 말에게 수명의 일부를 주어야만 그렇게 하겠다고 말했고, 말은 흔쾌히 자기 수명을 일부 내주었다.

얼마 지나지 않아 소도 자기 힘으로는 겨울을 무사히 날 수 없어 사람을 찾아왔다. 이번에도 사람은 수명의 일부를 자기에게 나눠주어야만 집으로 받아들이겠다고 말했고, 소 역시 자기 수명을 일부 주고서야 집으로 들어갈 수 있었다. 마지막으로 개도 숨이 거의 끊어질 것 같은 모습으로 찾아와서, 자기 수명 일부를 사람에게 내어주고서 피난처를 제공받았다.

그래서 사람은 제우스가 준 수명으로 살아가는 동안에는 순수하고 착하지만, 말에게 받은 수명으로 살아가는 동안에는 큰 소리를 치고 목을 꼿꼿이 세우며 허세를 부린다. 그러다가 소에게 받은 수명으로 살아가야 하는 시기에 이르면 위풍당당해지기 시작하고, 개에게 받은 수명으로 살아가는 시기에는 걸핏하면 화를 내고 짖어댄다.

이것은 성미가 까다롭고 사납게 변해서 걸핏하면 화를 내는
노인들에게 해당하는 이야기다.

말과 마부

한 마부가 한편으로는 말의 먹이인 보리를 몰래 훔쳐서 내다 팔면서, 다른 한편으로는 온종일 그 말을 문질러주고 빗겨주었다. 그러자 말이 이렇게 말했다. "나를 정말 그렇게 아끼고 소중히 여기신다면, 나를 잘 자라게 해줄 저 보리를 제발 내다 팔지 말아주세요."

탐욕스러운 자들은 겉만 번지르르한 감언이설로 가난한 자들을 현혹해서, 그들에게 없어서는 안 되는 꼭 필요한 것까지 훔쳐간다.

말과 당나귀

어떤 사람에게 말과 당나귀가 있었다. 어느 날 길을 가는 도중에 당나귀가 말에게 말했다. "내가 살아 있기를 바란다면, 자네도 내 짐을 조금 덜어서 져주게나." 하지만 말은 그 부탁을 들어주지 않았고, 결국 당나귀는 기진맥진해 쓰러져 죽고 말았다.

그러자 주인은 말에게 모든 짐을 지게 하고, 거기에 죽은 당나귀에게서 벗겨낸 가죽까지 얹었다. 말은 울먹이며 외쳤다. "정말 한심하게 되었구나. 작은 짐도 지지 않으려고 하다 이제는 모든 짐을 혼자 지고 거기에 가죽까지 지게 되었으니, 도대체 이 무슨 고생이란 말인가."

이 우화는 강한 자들이 약한 자들을 도와서 협력하면
둘 다 목숨을 구하게 된다는 것을 보여준다.

말과 전사

한 전사가 전쟁을 치르는 동안 자신의 말을 생사고락을 함께하는 동반자로 여기고 보리를 주며 잘 먹였다. 그런데 전쟁이 끝나고 나서는, 그 말에게 노예같이 고된 일을 시키고 무거운 짐을 나르게 하면서 오직 짚만 주었다.

그러던 중에 다시 전쟁이 터졌다. 소집 나팔이 울려 퍼지자, 주인은 완전무장을 하고 나서 말에 굴레를 씌운 후에 그 위에 올라탔다. 하지만 말은 힘이 하나도 없어 계속 넘어졌다. 그리고 주인에게 말했다. "이제는 가서서 중무장 보병이나 되세요. 주인님은 나를 말에서 당나귀로 바꾸어놓고서는, 당나귀가 다 된 나를 왜 이제 와서 다시 말로 쓰려고 하시나요?"

지금 아무 걱정 없고 편안하다고 해서 고생했던 때를 잊어서는 안 된다.

갈대와 올리브나무

갈대와 올리브나무가 인내심과 강함과 의연함에서 누가 더 나은지를 놓고 다투고 있었다. 조금이라도 바람이 불면 아무 힘도 없이 쉽게 굽히고 만다고 올리브나무가 갈대를 비난하자, 갈대는 침묵을 지키고 아무 대꾸도 하지 않았다.

조금 후에 바람이 거세게 불어왔다. 그러자 갈대는 이리저리 흔들리고 굽히면서 바람에서 쉽게 벗어났다. 하지만 올리브나무는 바람에 저항하다가 부러지고 말았다.

어떤 때는 자기보다 강한 자에게 저항하지 않는 자들이
자기보다 힘 있는 자를 이기려고 하는 자들보다
더 강하다는 것을 보여주는 우화다.

강물에 똥을 눈 낙타

한 낙타가 빠르게 흐르는 강물을 건너가고 있었다. 낙타가 똥을 누자마자, 그 똥이 급물살을 타고 낙타 앞을 지나갔다. 이것을 본 낙타가 말했다. "내 뒤에 있던 것이 지금 내 앞을 지나가는 것을 보는데, 이게 대체 어떻게 된 일이지?"

가장 훌륭한 자들과 현명한 자들이 아니라 가장 덜 떨어진 자들과 현명하지 못한 자들이 다스리는 나라를 풍자한 이야기다.

낙타와 코끼리와 원숭이

동물들이 왕을 선출하려고 논의를 하고 있었는데, 낙타와 코끼리가 왕의 자리를 놓고 경쟁했다. 이 둘은 자기가 다른 동물보다 몸집도 크고 힘도 세기 때문에, 모든 동물이 자기를 왕으로 선출해주기를 바랐다.

이때 원숭이가 나서서 낙타와 코끼리는 둘 다 왕으로 적합하지 않다고 말했다. 낙타는 불의한 자들에게 분노하지 않기 때문이고,[*] 코끼리는 새끼 돼지를 무서워해서 새끼 돼지가 공격해왔을 때 우리를 지켜줄 수 없기 때문이었다.

이 이야기는 사소한 것 때문에 큰일을 망치는 사람이 많다는 것을 보여준다.

---

[*] 낙타는 아주 온순해서 화를 내는 법이 없다고 하고, 코끼리는 잘 놀란다고 한다. 148번 우화(처음 본 낙타)에서는 낙타에게는 무슨 짓을 해도 화를 내지 않는다고 전한다.

낙타와 제우스

황소가 뿔을 자랑하는 것을 보고 낙타도 부러운 마음에 자기도 그런 뿔을 갖고 싶었다. 그래서 제우스를 찾아가서 자기에게도 그런 뿔을 달라고 사정했다. 그러자 몸집도 크고 힘도 센 낙타가 거기 만족하지 못하고 지나치게 욕심을 내는 것에 격노한 제우스는 뿔을 달아주지 않는 것에서 그치지 않고 낙타의 귀 일부를 없애버렸다.

욕심에 사로잡혀 남들이 가진 것을 부러워하다가
자기도 모르는 사이에 자기가 가진 것까지도 빼앗기는 사람이 많다.

춤추는 낙타

주인에게 춤을 춰보라는 강요를 받은 낙타가 말했다. "나는 단지 춤출 때만 꼴불견이 아니라, 평소 그냥 걸어 다닐 때도 꼴불견이지요."

무슨 일을 해도 서투른 사람에 관한 이야기다.

처음 본 낙타

사람들이 낙타를 처음으로 보았을 때는 그 큰 몸집에 공포심을 느껴서 겁을 집어먹고 도망쳤다. 하지만 시간이 지나자, 낙타가 온순한 동물이라는 것을 알고서는 두려움이 사라져서 가까이 다가갔다. 그러다가 얼마후에는 이 동물이 무슨 짓을 해도 화를 내지 않는다는 것을 알아차렸다. 그러자 이 동물을 깔보게 된 사람들은 굴레를 씌운 후에 아이들에게 주어 몰고 다니게 했다.

아무리 겁나고 두려운 일도 자꾸 하다 보면 겁나지 않게 된다는 이야기다.

쇠똥구리 두 마리

어느 작은 섬에 황소 한 마리가 풀을 뜯어먹으며 살고 있었고, 쇠똥구리 두 마리는 그 황소의 똥으로 연명했다. 그러다가 겨울이 찾아오자, 그중 한 마리가 다른 한 마리에게 이곳에 둘이 있으면 먹을 것이 부족할 것이니 자기는 육지로 건너가서 거기서 겨울을 나겠다고 말했다. 그러고는 거기에 양식이 많으면, 그에게도 가져다주겠다고 말했다.

그런 후에 그 쇠똥구리는 육지로 건너가 신선한 쇠똥을 많이 발견하고는 거기 머물면서 마음껏 먹었다. 겨울이 지나자, 그 쇠똥구리는 다시 작은 섬으로 날아왔다. 또 다른 쇠똥구리는 그에게 윤기가 흐르고 상태가 아주 좋은 것을 보고는, 약속을 지키지 않았다고 원망했다. 그러자 그 쇠똥구리가 말했다. "그곳에선 마음껏 먹으며 머무를 수는 있어도 아무것도 가지고 나올 수는 없으니, 자네는 내가 아니라 그렇게 생겨먹은 그곳을 탓해야 하네."

함께 즐길 때는 마치 좋은 친구처럼 무엇이든 다 도와줄 것같아 보여도,
정작 친구가 도움을 필요로 할 때는
전혀 도움이 되지 않는 사람을 두고 하는 이야기다.

게와 여우

게가 바다에서 올라와 어느 바닷가에 혼자 살고 있었다. 굶주린 여우가 먹이를 찾다가 때마침 게를 보고는 달려가 붙잡았다. 여우가 게를 집어 삼키려고 하자, 게가 말했다. "바다에서 살던 내가 육지에서 살겠다고 했으니, 이런 일을 당해도 싸지."

자기가 원래 하던 일을 버리고 한 번도 해보지 않았던 일에
손을 대면 그 결과가 좋지 않다.

새끼 게와 어미 게

어미 게가 새끼 게에게 옆으로 걷지도 말고 축축한 바위에 옆구리를 문지르지도 말라고 했다. 그러자 새끼 게가 말했다. "엄마, 말로만 가르치지 마시고, 직접 똑바로 걸어보세요. 그러면 내가 보고 따라 할게요."

다른 사람을 훈계하려면 자신이 먼저 올바르게 살고
똑바로 행하고 나서 가르치는 것이 합당하다.

호두나무

지나가는 행인들이 너도나도 길가에 있던 호두나무를 향해 돌을 던졌다. 그러자 호두나무가 한탄하며 중얼거렸다. "이렇게 해마다 수모와 고통을 당하니, 내 신세가 참으로 딱하구나."

이익을 얻으려고 남에게 끊임없이 고통을 주면서도
아무렇지도 않게 생각하는 사람들에게 들려주는 이야기다.

비버

비버는 연못에서 살아가는 네 발 달린 동물이다. 사람들은 이 동물의 생식기에는 어떤 병을 치료하는 효능이 있다고 말한다. 그래서 비버를 발견하면 그 생식기를 잘라 손에 넣기 위해 쫓아온다.

이렇게 쫓기게 된 비버는 처음에는 아무런 손상 없는 온전한 상태로 자신을 지키려고 발빠르게 내달린다. 하지만 꼼짝없이 잡힐 수밖에 없는 상황이 되면, 자기 생식기를 스스로 잘라내 던져주고 가까스로 목숨을 건진다.

돈 때문에 죽을지도 모르는 상황이 벌어진다면
위험을 감수하느니 차라리 돈을 포기하는 편이 현명하다.

채소에 물을 주는 원예사

어떤 사람이 채소에 물을 주던 원예사 앞에서 발길을 멈추더니, 밭에 있는 채소는 잘 자라고 튼튼한데 사람이 재배하는 채소는 작고 약하며 시들시들한 이유가 무엇이냐고 물었다. 그러자 원예사가 대답했다. "대지의 여신이 한쪽에게는 생모, 다른 쪽에게는 계모이기 때문이지요."

계모가 키운 아이는 생모가 키운 아이와 같지 않다.

원예사와 개

원예사가 기르던 개가 우물 속에 빠졌다. 원예사는 개를 우물에서 건져 올리려고 직접 우물 속으로 내려갔다. 하지만 개는 원예사가 자기를 더 아래로 밀어 넣으려고 온다고 생각하고서는 몸을 돌려 원예사를 물었다. 그러자 원예사가 고통스러워하며 올라오면서 말했다. "스스로 죽겠다고 뛰어든 짐승을 괜히 나서서 구하려 했으니, 이런 일을 당해도 싸지."

은혜를 원수로 갚는 배은망덕하고 사악한 자들에게 들려주는 우화다.

키타라 연주자

어느 재능 없는 키타라* 연주자가 벽에 회를 칠한 집 안에서 쉴 새 없이 노래를 불렀다. 목소리가 벽에 부딪쳐서 공명을 일으키자, 그는 자기 목소리가 대단히 아름답다고 생각했다. 그리고 그런 생각에 한껏 고무되어 극장 무대에 서기로 했다. 하지만 실제로 무대에 섰을 때는 너무나 형편 없이 노래를 불러서, 사람들이 던지는 돌을 맞으며 쫓겨나고 말았다.

대중연설가 중에도 학교에서는 유능해 보였는데 막상 정계로 진출했을 때는 무능하기 짝이 없는 실상이 드러나는 사람들이 종종 있다.

---

* "키타라"는 고대 그리스의 대표적인 발현악기로 리라에서 발전했다. 아폴론의 악기인 키타라는 디오니소스가 불던 피리 "아울로스"와 함께 고대 그리스 음악에서 대표적인 악기였다.

지빠귀

지빠귀가 도금양 숲에서 살고 있었는데, 그곳의 열매가 너무나 달콤해서 그 숲을 떠나지 못했다. 그런 모습을 유심히 지켜보던 새 사냥꾼이 마침내 끈끈이로 지빠귀를 잡았다. 그러자 지빠귀가 죽어가면서 말했다. "달콤한 먹이에 집착해서 목숨을 잃게 되다니, 이런 내가 정말 한심하구나."

향락을 즐기는 삶에 빠져 있다가 목숨을 잃는 사람에게 하는 이야기다.

---

* "도금양"은 늘푸른떨기나무로 2미터 정도 자란다. 열매는 맛이 좋아서 날것으로 먹거나, 파이나 잼, 샐러드를 만들어 먹기도 한다.

도둑들과 수탉

도둑들이 어느 집에 들어갔다가 훔칠 만한 것이 오직 수탉밖에 없어서 수탉만 들고 나왔다. 도둑들이 수탉을 막 제물로 바치려고 하자, 자기는 사람들이 일찍 일어나서 일할 수 있도록 꼭두새벽에[*] 깨우기 때문에 이로운 존재라고 하며 자기를 놓아달라고 애원했다. 그러자 도둑들이 대답했다. "바로 그렇기 때문에 더더욱 널 죽일 수밖에 없는 거야. 사람들을 깨워 우리의 도둑질을 방해하기 때문이지."

선한 사람들을 돕는 것은
악한 자를 저지하는 일도 된다는 사실을 보여주는 이야기다.

* 여기에서 "꼭두새벽에"로 번역된 그리스어는 '뉙토르'(νύκτωρ)인데 직역하면 "밤에"를 의미하며 "동틀녘"같이 새벽 어스름이 아니라, 동이 트기 전의 밤중을 가리킨다. 이것은 그리스인들이 동 트기 훨씬 전에 기상했다는 의미임이 분명하다.

배와 발

배와 발이 누가 더 힘이 센지를 놓고 언쟁을 벌였다. 그때마다 발은 자기가 배를 운반한다는 사실이 자기 힘이 더 세다는 증거라고 말했다. 그러자 배는 이렇게 응수했다. "이보게, 만일 내가 자네에게 자양분을 공급해 주지 않는다면, 자네는 아무것도 운반할 수 없다네."

지휘관이 현명하지 않다면 군대에서 군인의 수는 아무것도 아니다.

갈까마귀와 여우

굶주린 갈까마귀가 어느 무화과나무에 내려앉았다. 하지만 아직 열매가 먹을 수 있는 정도로 익지 않아 무화과가 익을 때까지 거기서 계속 기다리기로 했다. 갈까마귀가 하염없이 나무에 앉아 있는 것을 본 여우가 그 이유를 물었는데, 이유를 알고 나서는 말했다. "이보게, 희망에만 매달렸다가는 낭패를 당하게 될걸세. 희망은 속일 줄은 알아도 먹여 살릴 줄은 전혀 모르기 때문일세."

어떤 것에 대한 집착이 강한 사람에게 들려주는 이야기다.

161

갈까마귀와 까마귀들

다른 갈까마귀들보다 몸집이 훨씬 컸던 갈까마귀 한 마리가 동족을 경멸하고는 까마귀들을 찾아가 자기는 그들과 함께 사는 것이 어울리니 받아달라고 요청했다.[*] 하지만 까마귀들은 그 갈까마귀의 생김새와 목소리를 이상하게 여기고는 몰매질하여 쫓아버렸다. 까마귀들에게 쫓겨난 갈까마귀는 다시 동족에게로 돌아갔다. 하지만 갈까마귀들은 그의 오만방자함에 격분해서 받아주지 않았다. 이렇게 해서 이 갈까마귀는 어느 쪽과도 함께 살 수 없게 되었다.

사람도 자신의 조국을 버리고 다른 나라를 선택하면,
다른 나라에서는 이방인이라는 이유로 좋은 대접을 받지 못하고,
조국에서는 동족을 우습게 여겼다는 이유로 미움을 받는다.

---

[*] "갈까마귀"는 몸길이가 약 33센티미터 정도이고, 까마귀는 50센티미터이다. '갈까마귀'에서 접두사 '갈-'은 갈색이라는 뜻이 아니라 작다는 의미라는 설이 유력하다.

갈까마귀와 새들

새들의 왕을 임명해야겠다고 생각한 제우스가 소집일을 정한 뒤 모든 새들에게 통보했다. 모든 새 중에서 가장 아름답고 우아한 새를 왕으로 임명할 생각이었다. 새들은 강으로 가서 목욕재계를 했다. 갈까마귀는 자기가 못생겼다는 것을 알고 있었기 때문에, 강가로 가서 다른 새들에게서 떨어진 깃털들을 모아서 자기 몸 전체에 붙여 잘 단장했다.* 이렇게 해서 갈까마귀는 모든 새 중에서 가장 잘생긴 새가 되었다.

소집 날이 되자 모든 새는 제우스에게로 갔다. 형형색색의 깃털로 화려하게 단장한 갈까마귀도 물론 갔다. 갈까마귀의 아름다운 자태를 본 제우스가 그를 새들의 왕으로 임명하려고 했다. 그러자 거기에 격분한 새들이 각자 그 갈까마귀에게서 자기 깃털을 뽑아가버렸다. 아름다운 깃털들이 다 벗겨나가자, 갈까마귀는 원래 모습으로 되돌아갔다.

빚을 내어 남의 것으로 자신을 단장한 사람은 일견 멋지게 보이지만,
남의 것을 다 돌려주고 나면 원래 모습으로 되돌아가고 만다.

---

* 이 우화는 갈까마귀가 실제로 다른 새들의 깃털을 비롯한 여러 색의 잡동사니들을 모아 둥지를 만드는 습성이 있다는 사실에 착안해서 만든 것이 틀림없다.

갈까마귀와 비둘기들

사육장에서 잘 먹어서 살이 토실토실하게 찐 비둘기들을 본 갈까마귀가 자기도 몸을 희게 만든 후에 거기 가서 비둘기 무리와 함께 살았다. 아무 말도 하지 않는 동안에는, 비둘기들이 그를 동족이라고 생각했기 때문에 갈까마귀는 비둘기 가까이 갈 수 있었다. 그런데 어느 날 갈까마귀가 자기 처지를 완전히 망각하고는 소리를 내고 말았고, 그 소리를 수상하게 여긴 비둘기들이 그를 내쫓아버렸다.

갈까마귀는 비둘기 사육장에서 아주 잘 먹으며 살다가 졸지에 쫓겨나 다시 동족에게로 돌아갔다. 하지만 다른 갈까마귀들은 그의 몸 색깔 때문에 그를 알아보지 못하고 자기 무리에서 쫓아냈다. 이렇게 해서 갈까마귀는 두 가지를 욕심내다가 한 가지도 얻지 못하게 되었다.

탐욕은 전혀 도움이 되지 않고 도리어 우리에게 이미 있는 것조차도 잃게 할 때가 많음을 생각하고 자신에게 있는 것들로 만족해야 한다.

도망친 갈까마귀

어떤 사람이 갈까마귀를 잡아서는 그 발에 아마로 만든 실을 묶어 자기 아이에게 주었다. 사람과 함께 지내는 것이 견딜 수 없었던 갈까마귀는 감시가 조금 소홀해진 틈을 타 자신의 둥지로 도망치려 했다.

하지만 발에 묶여 있던 실이 나뭇가지에 감겨 날 수 없었다. 갈까마귀는 죽어가면서 중얼거렸다. "사람에게 묶여 살아가는 것도 견딜 수 없었는데 생각지도 않게 목숨까지 잃게 되다니, 내 신세가 참으로 한심하구나."

별로 위험하지도 않은 데서 빠져나오려고 하다 생각지도 않게 더 큰 위험에 빠지는 사람들에게 해주는 이야기다.

까마귀와 여우

까마귀 한 마리가 고기 한 점을 낚아채서 나뭇가지에 내려앉았다. 그것을 본 여우는 그 고기를 자기가 차지하고 싶었다. 그래서 그 자리에 서서 까마귀야말로 아주 위풍당당하고 아름다운 풍채를 지니고 있다고 치켜세웠다. 그러면서 까마귀는 새들의 왕이 될 최고의 자질을 타고난 것이 틀림없으니 목소리마저 갖추고 있다면 반드시 그리 되리라고 말했다.

까마귀는 자기가 그런 목소리를 갖췄다는 것을 여우에게 보여주고 싶어서, 입안에 있던 고기 한 점을 뱉어버리고 큰 소리로 울었다. 그러자 여우는 달려가 그 고기 한 점을 낚아채며 말했다. "까마귀야, 네가 현명함만 갖추었더라면 모든 새의 왕이 되기에 부족함이 없었을 거야."

지각없는 자들이 새겨들어야 할 이야기다.

까마귀와 헤르메스

올무에 걸린 까마귀가 아폴론 신에게 기도하면서 자기를 올무에서 벗어나게 해주면 향을 올리겠다고 서약했다. 하지만 겨우 목숨을 구하자 그 서약을 잊어버렸다. 얼마 후에 다른 올무에 걸리게 되자, 까마귀는 아폴론 신을 제쳐두고 헤르메스에게 기도하면서 자기를 구해주면 제물을 바치겠다고 서약했다. 그러자 헤르메스는 까마귀에게 말했다. "이 사악한 생물아, 전(前) 주인에게 사기를 친 너를 어떻게 믿을 수 있겠느냐?"

은혜를 저버린 자는 곤경에 처했을 때 도움을 받을 수 없다.

까마귀와 뱀

먹이가 떨어진 까마귀가 볕이 잘 드는 곳에 잠든 뱀을 보고는 아래로 쏜
살같이 내려가 낚아채서 날아갔다. 그러자 뱀은 몸을 비틀어 까마귀를
물었다. 까마귀는 죽어가면서 말했다. "이런 횡재를 하고도 그것 때문에
죽어가야 하다니, 내 신세가 참으로 처량하구나."

사람이 보물을 발견했다고 해도
그것 때문에 도리어 목숨을 잃을 수 있음을 경고하는 이야기다.

병든 까마귀

병든 까마귀가 자기 어머니에게 말했다. "엄마, 울지만 마시고 신들에게 기도 좀 해주세요." 그러자 어머니가 대답했다. "얘야, 어떤 신에게 바쳐진 제물이든 네가 그 고기를 훔쳐 먹지 않은 적이 없는데,* 신들 중에서 대체 어느 분이 너를 불쌍히 여기겠느냐?"

살아가면서 적을 많이 만든 사람은 위기에 처했을 때 자기를 도와줄 친구가 하나도 없음을 보여주는 우화다.

---

* 까마귀들이 제단이나 신전에 남아 있던 제물들을 훔쳐 먹거나, 심지어는 희생 제사를 드리던 제물을 쪼아 먹었다는 이야기가 심심치 않게 전해진다.

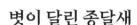

볏이 달린 종달새

볏이 달린 종달새가 올무에 걸리자 탄식하며 말했다. "나는 누구에게서도 금이나 은이나 다른 값나가는 것을 훔친 적이 없는데, 작은 알곡 하나가 이렇게 죽음으로 내몰다니 나야말로 지지리도 운이 없고 가련한 새로구나."

사소한 이익을 얻으려고 큰 위험을 감수하려는 사람에게 들려주는 우화다.

붉은부리까마귀와 까마귀

붉은부리까마귀는 까마귀가 사람들에게 징조를 알려주고 가까운 미래에 일어날 일을 예언하는 새로 대접받는 것이 부러웠다. 그래서 자기도 그렇게 되고 싶어 나무 위에 앉아 있다가 지나가는 나그네들을 보며 큰소리로 울었다.

나그네들이 그 울음소리를 듣고 깜짝 놀라 발길을 돌리자, 그중 한 사람이 말했다. "친구들이여, 신경 쓰지 말고 그냥 갑시다. 저것은 붉은부리까마귀이고, 그 울음소리는 별다른 징조가 아니기 때문이오."

자기보다 더 강한 자와 똑같아지려고 하면
그렇게 되지도 않을뿐더러 도리어 웃음거리가 되고 만다.

붉은부리까마귀와 개

붉은부리까마귀가 아테나 여신에게 제물을 바치고 나서 그 제물로 잔치를 베풀며 개를 초대했다. 개가 붉은부리까마귀에게 말했다. "왜 너는 쓸데없이 아테나 여신에게 제물을 바치는 것이냐? 이 여신이 너를 몹시 미워해서, 네가 나타내는 징조들이 전혀 맞지 않게 해버리는 것을 너도 알지 않느냐?"

그러자 붉은부리까마귀가 대답했다. "바로 그런 이유 때문에 이 여신에게 제물을 바치는 거야. 나를 아주 미워한다는 것을 알기 때문에, 이 여신과 화해하려는 것이지."

두려움 때문에 자신의 적에게 잘해주는 사람이 많다.

달팽이들

농부의 아이가 달팽이들을 불에 굽고 있었는데, 달팽이들이 탁탁 튀는 소리를 내자 이렇게 말했다. "이 못된 생물들아, 너희 집에 불이 났는데도 노래가 나오니."

이 이야기는 시의적절하지 않은 행동은
무엇이든 비난을 받게 되어 있음을 보여준다.

거위 대신에 붙잡혀온 백조

한 부자가 거위와 백조를 둘 다 기르고 있었다. 용도는 서로 달랐는데, 백조는 노래 때문에 길렀고, 거위는 식탁 때문에 길렀다. 거위를 요리해 먹으려고 붙잡아왔을 때는 밤이어서 둘을 구별하기가 어려웠다.

그때 거위 대신에 붙잡혀온 것은 백조였다. 하지만 백조는 죽기 전에 부르는 특유의 노래를 불렀고,[*] 그 노래 덕분에 정체가 드러나 마침내 살아남을 수 있었다.

죽게 되었다가도 음악 덕분에 살아남는 경우가

종종 있음을 보여주는 우화다.

---

[*] 고대인들은 백조가 죽기 직전에 죽음을 예감하고는 아주 아름답고 비장한 노래를 부른다고 믿었다. 먼 옛날의 어느 시점에 그런 이상한 사건이 일어났고, 그 이야기가 회자되면서 전설이 되어 그런 믿음이 굳어진 것으로 보인다. 하지만 고대 그리스인은 물론 심지어 오늘날도 이것을 믿고 있음은 정말 이상한 일이다.

백조와 주인

백조는 죽을 때가 되어서야 노래를 한다는 말이 있다. 팔기 위해 내놓은 백조를 우연히 보게 된 어떤 사람이 백조가 노래를 아주 잘 부른다는 말을 들었던 터라 그 백조를 샀다. 어느 날 그는 친구들을 불러 주연을 열고는, 도중에 나가더니 백조를 데리고 들어와 노래를 한번 불러 흥을 돋우어달라고 했다. 하지만 백조는 가만히 있었다.

그러다가 어느 날 백조는 자기 죽을 날이 가까이 온 것을 알고 자신을 위해 만가를 불렀다. 그 노래를 들은 주인이 말했다. "너는 죽음을 앞두고 있을 때만 노래하니, 이전에 너를 제물로 바칠 준비를 다 해놓고 네게 노래를 청했어야 했는데, 내가 어리석었구나."

사람이 어떤 일을 하고 싶지 않고 마음이 내키지 않아도
어쩔 수 없이 해야 할 때가 있다.

두 마리의 개

어떤 사람에게 두 마리의 개가 있었다. 한 마리에게는 사냥을 가르쳤고, 다른 한 마리에게는 집을 지키게 했다. 그러고 나서 사냥개가 사냥을 나가 뭔가를 잡아올 때마다, 그중 일부를 집 지키는 개에게도 던져주었다.

격분한 사냥개는 매번 밖에 나가 고생하는 것은 자기인데, 그렇게 고생해서 잡아온 먹이를 아무것도 하지 않은 집 지키는 개가 맛있게 먹어치운다며 질책했다. 그러자 집 지키는 개는 사냥개에게 말했다. "내가 아니라 주인님을 질책하게나. 열심히 일하지 않고 남이 고생해 얻은 것을 먹으며 살라고 내게 가르친 것은 주인님이기 때문이네."

자녀들이 열심히 일하지 않고 빈둥거리며 살아가더라도,
부모가 그런 식으로 길러서 그렇다면 아이들을 질책할 수 없다.

굶주린 개들

굶주린 개들이 강물에 반쯤 잠긴 소가죽을 보았지만, 거기에 접근할 수가 없었다. 그래서 서로 의논한 끝에, 소가죽이 있는 곳까지 갈 수 있게 먼저 강물을 마셔버리기로 했다. 하지만 물을 너무 많이 마신 개들은 소가죽에 접근하기도 전에 배가 터져 죽고 말았다.

이익을 얻으려고 온 힘을 다해 애쓰다가, 원하는 것을 손에 넣기도 전에
기진맥진해 쓰러져버리는 자들이 종종 있다.

개에게 물린 사람

개에게 물린 어떤 사람이 자기를 치료해줄 사람을 백방으로 찾아다녔다. 누군가가 상처에서 난 피를 빵으로 닦아낸 후에 자신을 문 개에게 그 빵을 던져주면 된다고 말했다. 그러자 그가 대답했다. "내가 정말 그렇게 한다면, 난 틀림없이 이 나라의 모든 개에게 물리고 말 것이오."

사람들 앞에 미끼를 던져 악한 성품을 이끌어내는 것은
나쁜 짓을 하라고 한층 더 부추기는 일이다.

손님으로 초대받은 개

어떤 사람이 친구들과 친지들을 대접하려고 만찬을 준비했다. 그 사람의 개도 "이보게 친구여, 와서 나와 함께 식사 한번 하세"라고 하며, 다른 개를 초대했다. 손님 개는 초대에 응해 기쁜 마음으로 갔다가, 떡 벌어지게 차려진 음식을 보고는 발길을 멈추고 마음속으로 쾌재를 부르며 말했다. '이게 웬 떡이란 말이냐. 생각지도 않게 이런 횡재가 굴러 들어오다니. 내일 아무것도 안 먹어도 배가 고프지 않게, 오늘 배 터지게 먹어보자.'

손님 개는 속으로 이렇게 말하면서, 자기를 초대해준 개에게 신뢰를 보여주려는 듯이 쉴 새 없이 꼬리를 흔들었다. 그 개가 꼬리를 요란하게 흔드는 것을 본 요리사는 개의 다리를 잡아 창문을 통해 밖으로 던져버렸다.

이렇게 쫓겨난 손님 개는 큰 소리로 울면서 집으로 돌아가고 있었다. 도중에 다른 개들을 만났는데, 그중 한 마리가 물었다. "친구여, 만찬은 어떠했는가?" 그러자 손님 개는 대답했다. "얼마나 많이 마셨는지 잔뜩 취해 인사불성이 되어서, 그 집을 어떻게 나왔는지조차 생각이 안 난다네."

이 우화는 남의 것으로 인심 쓰려고 하는 자를
믿어서는 안 된다는 것을 보여준다.

사냥개와 개들

집에서 기르는 어떤 개가 야수들과 싸우는 훈련을 받았는데,[*] 많은 야수가 줄줄이 서 있는 것을 보고는, 목줄을 끊고 거리를 따라 도망쳤다. 다른 개들은 "왜 도망가느냐?"고 물었다. 그 개는 잘 먹어서 황소처럼 컸기 때문이다.

그 개가 대답했다. "내가 다른 개들보다 더 좋은 것을 마음껏 먹으면서 부족함 없이 살고 있다는 것은 나도 아네. 하지만 곰이나 사자와 싸우는 것이 내 일이어서, 죽음은 늘 내 옆에 있다네." 그러자 다른 개들이 서로에게 말했다. "우리는 사자나 곰과 싸우지 않아도 되니, 비록 가난하기는 하지만 괜찮은 삶을 살고 있는 거야."

안락함과 헛된 명예를 추구하느라 온갖 위험을 감수하려 들지 말고,

도리어 그런 위험이 도사리는 삶을 피하는 것이 옳다.

---

[*] 고대 그리스인은 도시인에게 유흥거리를 제공하려고 개와 야수를 서로 싸우게 했는데, 이것을 위해 개들을 훈련시켰다.

개와 수탉과 여우

개와 수탉이 길동무가 되어 함께 길을 가고 있었다. 그러다가 저녁이 찾아오자, 수탉은 나무 위로 올라가고 개는 나무 밑동에 있는 빈 공간 속으로 들어가 잠을 잤다. 꼭두새벽이 되어 수탉이 자기 습관대로 울자, 그 소리를 들은 여우가 수탉에게 달려왔다. 여우는 나무 아래 서서 그렇게 아름다운 목소리를 지닌 동물을 안아주고 싶으니 자기에게 내려오는 것이 어떻겠느냐고 말했다.

수탉이 나무 밑동에서 자고 있는 문지기를 먼저 깨우라며 그가 문을 열어주면 내려가겠다고 말하자, 여우는 문지기를 불렀다. 그러자 나무 밑동에서 개가 갑자기 튀어나와 여우를 갈기갈기 찢어버렸다.

이 우화는 적을 만났을 때 기지를 발휘해서
그 적을 더 강한 자에게 보내는 사람이 현명하다는 것을 보여준다.

개와 달팽이

달걀을 보기만 하면 다 삼켜버리는 개가 달팽이를 보고 달걀이라고 착각
해서 입을 크게 벌려 단숨에 꿀꺽 삼켜버렸다. 속이 묵직해지며 쓰리자,
개는 고통스러워하며 말했다. "둥글게 생긴 것은 무엇이든 다 달걀이라
고 믿었으니, 이런 일을 당해도 싸지."

아무 생각 없이 경솔하게 일을 시작했다가는
예기치 못한 곤경에 처하게 된다는 이야기다.

개와 토끼

사냥개가 토끼를 잡아 어떤 때는 물고 어떤 때는 입 여기저기를 핥았다.
그러자 토끼가 그런 개를 거부하면서 말했다. "이봐요, 물든지 입을 맞추
든지 둘 중 하나만 하시죠. 당신이 적인지 친구인지 도대체 알 수가 없잖
아요."

이도 저도 아닌 애매모호한 태도를 취하는 사람에게 하는 이야기다.

개와 푸줏간 주인

개가 푸줏간으로 뛰어 들어가서는, 푸줏간 주인이 바빠서 정신 없는 틈을 타서 심장을 낚아채서 도망쳤다. 주인이 돌아서서 개가 도망치는 것을 보고서 말했다. "이 녀석아, 네가 어디에 있든, 내가 너를 항상 지켜본다는 걸 알아야 한다. 너는 내게서 심장을 가져간 것이 아니라, 도리어 내게 심장을 준 것이기 때문이야."*

누군가에게 일어난 안 좋은 일이 때로는 그 사람을 일깨워준다는 우화다.

---

* 그리스어로 "심장"을 뜻하는 '카르디아'(καρδία)에 "용기"라는 의미도 있는 데서 나온 말장난이다. 교훈 부분에서도 "안 좋은 일"을 뜻하는 '파테마타'(παθήματα)와 "일깨움"을 뜻하는 '마테마타'(μαθήματα)를 사용한 말장난 기법이 쓰였다.

잠자는 개와 늑대

개가 초가집 앞에서 엎드린 채로 잠을 자고 있었다. 늑대가 달려들어 잡아먹으려고 하자, 지금은 자기를 잡아먹지 말아달라고 사정하며 개가 말했다. "지금은 내가 삐쩍 마르고 호리호리하지요. 하지만 조금만 기다려주세요. 얼마 후에 주인집에 결혼식이 있을 것이고, 그때 좋은 것을 많이 먹고 피둥피둥 살이 찌게 될 거예요. 그러면 당신에게 아주 맛있는 먹이가 되겠지요."

늑대는 그 말을 믿고 떠나갔다. 며칠 후에 늑대가 다시 돌아와서 보니, 개가 높은 지붕 위에서 엎드려 자고 있었다. 늑대는 그 아래에 서서 전에 약속했던 말을 상기시켰다. 그러자 개가 말했다. "늑대야, 앞으로는 내가 집 앞에서 엎드려 자는 걸 보거든, 결혼식 때까지 기다려주는 일은 하지 않는 게 좋을 거야."

현명한 사람은 어떤 위험을 한 번 겪고 난 후에 평생 그 일을 두 번 다시 겪지 않고자 각별히 조심한다는 것을 이 우화는 보여준다.

고깃덩어리를 입에 문 개

고깃덩어리를 입에 문 개가 강을 건너다가 강물에 비친 자신의 그림자를 보았다. 개는 그 그림자가 자기보다 더 큰 고깃덩어리를 물고 있는 다른 개라고 생각했다. 그래서 자기가 물고 있던 것을 놓아버리고는 그 개의 것을 빼앗으려고 달려들었다.

하지만 이 개는 결국 둘 다 잃었다. 하나는 애초부터 존재하지 않아 얻을 수 없는 것이었고, 다른 하나는 강물에 떠내려가 버렸기 때문이었다.

이것은 탐욕스러운 자들이 꼭 들어야 할 이야기다.

방울 달린 개

몰래 다가가서 사람들을 물곤 하는 개가 있었다. 그래서 주인은 그 개가 다가오는 것을 누구든지 알 수 있도록 개에게 방울을 달았다. 개는 방울을 흔들며 으스대면서 시장 바닥을 돌아다녔다.

그러자 늙은 개가 그에게 말했다. "넌 뭐가 그리도 자랑스러워서 그렇게 과시하듯 다니는 거냐? 그 방울은 너의 미덕을 알리는 게 아니라 숨겨진 악을 드러내는 것이란 사실을 알아야지."

허풍쟁이들이 떠벌리고 다니면,

그런 행동으로 그들의 숨겨진 악이 분명하게 드러난다.

사자를 뒤쫓은 개와 여우

사냥개가 사자를 보고 그 뒤를 쫓았다. 사자가 몸을 돌이켜 포효하자, 겁이 난 사냥개는 뒤돌아 도망쳤다. 그것을 보던 여우가 사냥개에게 말했다. "이 못난 작자야, 사자가 포효하기만 해도 꽁무니를 빼는 주제에 사자를 뒤쫓았단 말이냐?"

자기보다 훨씬 강한 자를 험담하고 헐뜯다가도 정작 그들과 정면으로 맞닥뜨리면 즉시 꽁무니를 빼는 주제넘은 자에게 들려주는 이야기다.

모기와 사자[*]

모기가 사자에게 가서 말했다. "나는 네가 전혀 겁나지 않아. 너는 나보다 더 강하지 않기 때문이지. 내 말이 틀렸다면, 네 강함을 어디 한번 내게 보여줘 봐. 물론 너는 발톱으로 할퀼 수도 있고 이빨로 물 수도 있지. 하지만 그런 것들은 여자들이 남편과 싸울 때나 하는 짓이야. 사실은 내가 너보다 훨씬 더 강해. 원한다면 어디 한번 싸워볼까."

모기가 앵 하고 나팔 부는 소리를 내면서 공격을 개시해서, 사자의 코 쪽으로 돌진해서는 주변의 털 없는 곳을 물기 시작했다. 사자는 자기 코를 공격하는 모기를 잡으려고 발톱을 휘둘렀지만, 그 발톱에 자기 몸만 찢겨 만신창이가 되고 말았다. 사자는 결국 모기 잡는 것을 포기할 수밖에 없었다.

사자를 이긴 모기는 앵 하는 나팔 소리를 내고 승전가를 부르면서 날아갔지만, 거미줄에 걸려들고 말았다. 그리고 거미에게 잡아먹히면서, 자기는 가장 위대한 동물과도 싸워서 이겼는데 이런 보잘것없는 거미에게 잡혀 죽고 만다며 크게 한탄했다.

[*]　이 우화에는 "교훈"이 없다.

모기와 황소

모기가 황소의 뿔 위에 내려앉아서 꽤 긴 시간을
앉아 있었다. 그런 후에 거기를 떠나려고 하면서,
자기가 떠나도 괜찮겠느냐고 황소에게 물었다.
그러자 황소가 말했다. "나는 네가 온 줄도 몰랐
으니, 네가 떠나간다고 해도 모를 거야."

있든 없든 해도 되지 않고 도움도 되지 않는
존재감이 없는 사람에 관한 이야기다.

토끼들과 여우들

어느 날 독수리들과 싸우게 된 토끼들이 여우들에게 도와달라고 요청했다. 그러자 여우들이 말했다. "너희가 누구인지, 그리고 너희가 누구와 싸우려고 하는 것인지 우리가 몰랐다면 너희를 도와주었을 텐데."

이 이야기는 자기보다 더 강한 자와 싸워 이기려고 하는 것은
자기 목숨을 하찮게 여기는 일임을 보여준다.

토끼들과 개구리들

어느 날 토끼들이 한데 모여서, 자신들의 삶은 불안정하고 위태로워서 늘 가슴 졸이며 살아야 한다고 한탄하며 큰 소리로 울었다. 자기들은 결국 사람과 개와 독수리를 비롯한 다른 동물에게 잡아먹힐 신세일 뿐이라는 이유에서였다. 그래서 토끼들은 평생을 두려워 떨며 살아가기보다는 차라리 확 죽어버리는 게 더 낫겠다는 결론을 내렸다.

이렇게 정해지자, 토끼들은 일제히 연못을 향해 뛰기 시작했다. 거기로 몸을 던져 익사하기 위해서였다. 그런데 연못 주위에 빙 둘러앉아 있던 개구리들이 토끼가 그들을 향해 달려오면서 내는 요란한 소리를 듣고는 그 즉시 연못으로 뛰어들었다.

그러자 토끼들 중에서 자기가 가장 영리하다고 자부하던 토끼가 말했다. "멈춰 서시오, 동지들이여. 우리가 이럴 필요가 전혀 없겠소. 여러분이 보듯이, 우리보다 더 겁을 내며 살아가는 동물도 있다는 것을 확인했기 때문이오."

불행을 당한 사람은 자기보다 더 큰 불행을 겪는 다른 사람을 보면서
힘을 낸다는 것을 이 우화는 보여준다.

토끼와 여우

토끼가 여우에게 "당신에게 붙여진 별명이 재주꾼인 것을 보니, 당신은 재주가 많은 모양이군요"라고 말하자, 여우가 토끼에게 "믿지 못하겠거든 내 집으로 갑시다. 당신에게 식사 대접을 할 테니 말이오"라고 말했다. 그래서 토끼는 여우를 따라갔지만, 거기에는 토끼 말고는 여우가 먹을 것은 아무것도 없었다.

그러자 토끼가 말했다. "이렇게 화를 당하고 나서야, 당신의 별명이 어디서 왔는지를 알게 되었소. 당신이 그렇게 불리는 건 재주가 많기 때문이 아니라 교활하기 때문이었어요."*

호기심이 많은 사람은 종종 쓸데없는 호기심으로 큰 화를 당한다.

---

* "재주가 많다"와 "교활함"의 이중적인 의미를 지닌 그리스어 '케르도스'(κέρδος)를 이용한 말장난이다.

갈매기와 솔개

갈매기가 물고기를 집어삼키다가 목구멍이 찢어지는 바람에 죽어 해변
에 널브러져 있었다. 그것을 본 솔개가 말했다. "새[鳥]로 태어난 주제에
바다를 삶의 터전 삼아 살아갔으니, 이런 꼴을 당해도 싸지."

자신의 본업은 내팽개쳐둔 채로 자기와 전혀 맞지 않은 일에
뛰어드는 자들은 화를 당해도 아무 할 말이 없다.

암사자와 여우

여우가 암사자에게 새끼를 고작 한 마리밖에 못 낳는다며 면박을 주자, 암사자가 말했다. "한 마리이긴 하지. 하지만 사자야."

좋고 나쁜 것은 양이 아니라 질을 보고 평가해야 한다.

사자의 왕권

어떤 사자가 왕이 되어 동물들을 다스리게 되자, 사납고 잔인하며 난폭한 모습은 전혀 없었고 마치 사람처럼 점잖고 정의로웠다. 사자가 왕으로 있을 때 모든 동물이 한데 모여 회의했다. 그리고 늑대와 양, 표범과 영양, 호랑이와 사슴, 개와 토끼가 서로 사이좋게 지내자는 협약을 맺었다. 그러자 토끼가 말했다. "나는 힘없는 동물들이 힘센 동물들로부터 존중받는 이런 날이 오기를 참으로 고대했소."

나라에 정의가 있어서 모든 재판이 공정하게 이루어지면
힘없는 자들도 평화롭게 살아가게 된다.

늙은 사자와 여우

늙은 사자 한 마리가 이제 자신은 힘을 써서는 먹을 것을 마련할 수 없고 꾀를 써야만 먹고살 수 있음을 알게 되었다. 그래서 굴속으로 들어가 병에 걸린 것처럼 그 안에 누워 있다가, 병문안하려고 찾아온 동물들을 모두 잡아먹었다.

많은 동물이 잡아먹히자, 그 술책을 알아차린 여우는 사자를 찾아가 굴에서 멀찌감치 떨어져 서서 몸은 좀 어떠시냐고 물었다. 사자는 "안 좋아"라고 대답하고는, 굴로 들어오지 않는 이유를 물었다. 그러자 여우가 말했다. "들어간 발자국은 많은데 나온 발자국은 하나도 없네요. 그걸 보지 못했다면, 아마 나도 지금쯤 거기 들어가 있을 거예요."

현명한 사람은 전조를 미리 보고 위험을 피한다.

갇힌 사자와 농부

사자 한 마리가 농부의 축사로 들어갔다. 농부는 사자를 잡기 위해 축사 문을 닫아 걸었다. 축사에서 나갈 수 없게 된 사자는 먼저 양들을 다 죽였고, 그런 다음에는 소들을 향해 걸어갔다. 농부는 자기도 무슨 일을 당할지도 모른다는 생각에 두려워 축사의 문을 열어주었다.

사자가 사라지고 나서 농부가 한숨을 푹푹 쉬며 괴로워하자, 그것을 본 아내가 말했다. "멀리서 봐도 도망쳐야 할 사자를 가둬두려고 했으니, 이렇게 된 것은 자업자득이죠.""

자기보다 더 강한 자의 화를 돋우는 자들은
자기 잘못으로 발생한 결과를 감수할 수밖에 없다.

사랑에 빠진 사자와 농부

농부의 딸에게 반해버린 사자가 그녀에게 청혼했다. 야수에게 딸을 줄 수도 없고, 후환이 두려워서 거절할 수도 없던 농부는 한 가지 꾀를 생각해냈다.

농부는 끈덕지게 조르는 사자에게 자신은 사자를 딸에게 어울리는 훌륭한 사윗감으로 여기고 있지만, 딸아이가 무서워하기 때문에 사자가 스스로 이빨을 뽑고 발톱을 자르기 전까지는 딸을 줄 수 없다고 말했다.

사랑에 빠져 있던 사자는 이 두 가지 조건을 기꺼이 수락하고 실행한 후에 농부에게로 왔다. 그러자 농부는 사자를 업신여기고는 몽둥이로 두들겨 패서 내쫓아버렸다.

가까운 사람들의 말을 쉽게 믿고서 자신의 장점을 포기해버리는 자는 이전에 그를 두려워하던 자들의 손쉬운 먹잇감이 되고 만다는 것을 이 이야기는 보여준다.

사자와 여우와 사슴

병들어 굴 안에 누워 있게 된 사자가 자주 대화하면서 친하게 지내왔던 여우에게 말했다. "내가 건강을 되찾아 살게 되기를 바란다면, 숲속에서 살아가는 큰 사슴을 감언이설로 속여서 내 발톱 앞에 데려다놓아라. 사슴의 내장과 심장을 먹고 싶구나."

이렇게 해서 길을 떠난 여우는 숲속에서 뛰노는 사슴을 발견하고는 다가가 인사한 후에 말했다. "네게 몰래 귀띔해줄 좋은 소식이 있어. 우리의 왕인 사자가 내 이웃인 것은 너도 알 거야. 그런데 그 사자가 병이 들어 죽을 날이 머지않았어. 그래서 자기 뒤를 이을 왕으로 누군가를 세우고 싶어 하지. 그러면서 멧돼지는 무식하고, 곰은 느려터졌고, 표범은 사납고, 호랑이는 허세가 심하다고 하면서, 사슴은 외모도 수려한데다 장수하며 그 뿔은 뱀들이 두려워하니 왕이 되기에 최적의 조건을 갖추고 있다고 말했어. 그러니 더 말해 무엇 하겠어? 네가 왕으로 확정된 거야. 이 소식을 가장 먼저 전해준 나한테 뭘 해줄 것인지 말해봐. 나는 빨리 가봐야 하거든. 사자가 나를 또 찾을지 모르니 말이야. 사자는 모든 일에서 내 조언 없이는 아무것도 못하기 때문이지. 이 늙은 여우의 말을 무시할 생각이 아니라면, 네게 조언하는데, 지금 가서 사자의 죽음을 옆에서 지키는 것이 좋을 거야."

여우가 이렇게 말하자, 사슴은 그 말에 마음이 잔뜩 부풀어서 곧 어떤 일이 벌어질지를 전혀 알지 못한 채로 사자가 있는 굴로 갔다. 하지만 사자가 성급하게 공격하는 바람에, 사슴은 귀만 찢어진 채로 재빨리 숲속으로 도망쳤다.

여우는 자신의 노고가 쓸모없게 되어버리자 아쉽다는 듯 손뼉을 쳤고, 사자는 화가 나기도 하고 배가 고프기도 해서 큰 소리로 포효했다. 사자는 여우에게 다시 한번 수를 써서 사슴을 속여 데려오라고 간곡하게 부탁했다. 여우가 말했다. "까다롭고 곤란한 일만 내게 맡기시네요. 이번 한 번만 도와드리지요."

이렇게 말하고 나서 어떤 식으로 사슴을 속여 데려올지를 궁리하면서, 여우는 마치 사냥개처럼 사슴의 자취를 추적해나갔다. 목자들을 만나 피 흘리며 뛰어가는 사슴을 보았는지 묻자, 그들은 숲을 가리켰다. 여우는 몸을 식히고 있던 사슴을 발견하고는, 아무 일도 없었다는 듯이 뻔뻔한 모습으로 앞에 가서 섰다. 사슴은 화를 내며 털을 뻣뻣이 세운 채 말했다. "이 쓰레기야, 다시는 나를 어떻게 해볼 생각하지 마. 또다시 내게 접근했다가는 가만두지 않을 거야. 네가 어떤 작자인지를 모르는 다른 동물에게나 가서, 그들을 왕으로 만들어주겠다고 여우 짓을 하면서 한껏 바람을 넣어 보시지."

여우가 말했다. "너는 겁이 많고 소심한 게 탈이야. 친구인 우리를 그렇게 의심하면 못써. 사자는 임종을 앞두고서 이 나라를 어떻게 다스려야 하는지에 관한 이런저런 조언과 지시를 귓속말하기 위해 네 귀를 잡으려고 했을 뿐이야. 그런데 병든 사자가 그 힘없는 발로 너를 잡으려고 하다가 발톱으로 조금 긁었다고 해서 화를 내고 뛰쳐나가 버렸지. 그래서 지금 사자는 너보다 더 격분해서, 결국 이 나라를 늑대에게 넘겨야 하겠다고 고민하고 계셔. 주인님의 처지가 참 안됐어. 그러니 가서 아무것도 무서워하지 말고 양처럼 고분고분 말을 들어. 모든 나뭇잎과 샘을 걸

고 맹세하건대, 네가 사자에게 조금이라도 해를 입는 일은 이제 절대로 일어나지 않아. 내가 왕으로 섬기고 싶은 이는 오직 너뿐이야."

여우는 이런 식으로 불쌍한 사슴을 감언이설로 속여 또다시 사자에게 가게 만들었다. 그렇게 굴속으로 들어간 사슴은 사자 밥이 되었다. 사자는 사슴의 모든 뼈와 골수와 내장을 먹어치웠고, 여우는 옆에 서서 보고 있다가 사슴의 심장이 몸에서 떨어져 나와 바닥에 떨어지자 몰래 낚아채 먹어치우면서 수고를 보상받았다.

사자가 다른 것들은 다 찾아서 먹어치웠지만, 심장은 아무리 찾아도 보이지 않았다. 멀찌감치 서 있던 여우가 말했다. "이 사슴에게는 심장이 없어요. 정말이에요. 그러니 더 이상 찾지 마세요. 사자 굴과 발톱 속으로 두 번씩이나 제 발로 찾아들어온 사슴에게 무슨 심장이 있겠어요."[*]

명예욕은 사람의 이성을 흐려놓아서
눈앞의 위험도 제대로 알아볼 수 없게 만든다.

---

[*] 이것은 그리스어로 "심장"을 뜻하는 '카르디아'(καρδία)에 "생각, 사고"라는 뜻도 있음을 이용한 말장난이다. 두 번이나 속은 어리석은 사슴에게는 '생각'이라는 것이 없을 테니 "심장"도 있을 수 없다는 것이다.

사자와 곰과 여우

사자와 곰이 새끼 사슴을 발견한 후에 서로 자기가 차지하려고 싸웠다. 무시무시한 격투가 벌어지는 바람에, 둘은 모두 기진맥진해서 거의 시체나 다름없이 땅바닥에 널브러져 있었다. 여우가 지나가다가 새끼 사슴을 사이에 두고 사자와 곰이 널브러져 움직이지도 못하는 것을 보고는, 그 새끼 사슴에게 접근한 뒤 낚아채 둘 사이로 도망쳤다. 그러자 둘은 일어나지도 못한 채로 말했다. "우리가 서로 죽도록 싸운 것이 여우에게만 좋은 일이 되었으니 참으로 한심하구나."

이 이야기는 힘들여 해놓은 일의 결과물이
다른 사람의 수중에 들어가는 꼴을 보면 화가 나는 게 당연함을 보여준다.

사자와 개구리

개구리가 우는 소리를 들은 사자는 그가 큰 동물인 줄로 알고 소리 나는 쪽으로 몸을 돌려 걸어갔다. 사자는 잠시 기다렸다가, 연못에서 나오는 개구리를 보고는 다가가서 발로 짓밟아 죽이면서 말했다. "아니, 이런 녀석에게 그런 큰 소리가 나오다니 말도 안 돼."

끊임없이 큰소리치고 입으로 떠드는 것 외에는
아무것도 할 줄 모르는 사람에게 들려주는 이야기다.

사자와 돌고래

사자 한 마리가 바닷가를 따라 거닐다가, 물 위로 빼꼼 고개를 내밀고 있던 돌고래에게 서로 동맹이 되면 어떻겠느냐고 제안했다. 그러면서 돌고래는 바다에서 살아가는 동물의 왕이고, 자기는 뭍에서 살아가는 동물의 왕이니, 둘이 친구가 되어 돕는다면 아주 잘 어울릴 것이라고 말했다. 돌고래는 흔쾌히 고개를 끄덕이며 그러자고 했다.

오랜 시간 들소와 싸움을 벌여왔던 사자는 돌고래에게 도움을 요청했다. 돌고래는 바다에서 나오려고 했지만 나올 수가 없었다. 사자는 배신자라며 돌고래를 비난했다. 그러자 돌고래가 말했다. "내가 아니라 자연을 비난하게나. 나를 바다에서 살게 하고 땅에서 다니지 못하게 한 것은 바로 자연이니까 말일세."

우리도 친구를 사귈 때는 위험할 때 곁에 있어서
우리를 바로 도와줄 수 있는 사람을 선택해야 한다.

사자와 멧돼지

어느 여름날 뜨거운 열기로 갈증이 심하게 날 만한 시간에 사자와 멧돼지는 물을 마시려고 작은 샘으로 갔다. 둘은 누가 먼저 물을 마시느냐를 놓고 언쟁을 벌이다가, 급기야는 죽기 살기로 혈투를 벌였다.

그러던 중 잠시 숨을 돌리기 위해 무의식중에 돌아서다가, 둘 중 누구라도 먼저 쓰러지는 쪽을 먹어치우려고 대기 중인 독수리 떼를 보았다. 그러자 둘은 서로에 대한 적대감을 풀고는 말했다. "독수리와 까마귀들의 먹잇감이 되기보다는 친구가 되는 편이 더 낫겠어."

쓸데없는 언쟁이나 경쟁은 모두를 위험에 빠뜨리기 때문에
아예 하지 않는 것이 좋다.

사자와 토끼

사자가 자고 있는 토끼 한 마리를 우연히 발견하고는 잡아먹으려고 했다. 그러다가 근처에 사슴이 지나가는 것을 보고는 잠자는 토끼를 그냥 놓아둔 채 사슴을 뒤쫓았다. 그사이에 토끼는 시끄러운 소리에 깨어 도망쳤다.

사자는 사슴을 뒤쫓아 꽤 먼 거리를 달려갔지만 결국 잡지 못하고 토끼가 잠자던 곳으로 다시 돌아왔다. 하지만 토끼도 도망치고 없는 것을 보며 말했다. "내 수중에 이미 들어와 있는 먹잇감을 버리고 불확실한 더 큰 먹잇감을 탐냈으니, 이런 일을 당해도 싸지."

자신에게 주어진 적당한 이득에 만족하지 않고, 확실하지도 않은
더 큰 것을 찾다가는 수중에 이미 있는 것조차도 떠나보내는
불상사를 종종 겪는다.

사자와 늑대와 여우

늙은 사자가 병이 들어 굴속에 누워 있었다. 여우만 빼고 모든 동물이 왕을 찾아와 문안을 드렸다. 사자 앞에서 여우를 중상모략할 기회만 노리던 늑대가, 여우는 통치자인 사자를 추호도 존경하지 않기에 문안인사를 드리러 오지 않는 것이라고 비난했다.

이런 일이 벌어지던 중에 마침내 여우가 도착했다. 여우는 들어오다가 자기를 비방하는 늑대의 마지막 말을 들었다. 사자는 여우를 보자 격노하여 포효했다. 여우는 해명할 시간을 달라고 사정하더니 이렇게 말했다. "지금까지 문안인사 하러 온 모든 동물 중에서 저만큼 주인님에게 도움이 된 자가 있다면 나와 보라고 하십시오. 주인님의 병을 치료해줄 약을 어떻게든 구해오려고 온 천하를 두루 다닌 끝에 마침내 치료법을 알아냈습니다."

사자가 그 치료법을 당장 말하라고 다그치자, 여우가 말했다. "살아 있는 늑대의 가죽을 벗겨서, 아직 체온이 남아 따뜻한 상태일 때 그 가죽을 몸에 두르고 계시면 됩니다." 늑대가 그 자리에서 시체가 되어 널브러지자, 여우는 웃으며 이렇게 말했다. "주인을 부추기려면, 악의가 아니라 선의를 갖도록 하는 것이 옳지 않겠는가."

남을 중상모략하는 자는 오히려 자기가 다친다는 것을 이 우화는 보여준다.

사자와 은혜 갚은 생쥐

사자가 잠자는 동안에 생쥐가 그 위에서 뛰어다녔다. 잠에서 깬 사자가 생쥐를 붙잡아 먹어치우려고 하자, 생쥐는 자기를 살려주면 은혜를 갚겠다고 말하면서 놓아달라고 애원했다. 사자는 웃으면서 생쥐를 보내주었다. 그런데 실제로 그 일이 있은 후 얼마 지나지 않아 생쥐 덕분에 사자는 목숨을 건지게 되었다.

사자가 어떤 사냥꾼들에게 사로잡혀 나무에 밧줄로 묶였는데, 생쥐가 사자의 신음 소리를 듣고 와 밧줄을 갉아 사자를 풀어주었던 것이다. 생쥐가 말했다. "그때 당신은 나 같은 것이 무슨 보답을 하겠느냐고 생각하고는 비웃었지요. 하지만 이제는 비록 생쥐도 은혜에 보답할 수 있다는 것을 아셨을 거예요."

미약한 자들의 도움이라도 힘센 자들에게 큰 힘이 될 수 있음을
이 이야기는 보여준다.

사자와 들나귀

사자와 나귀가 합작해서 들짐승들을 사냥했다. 사자는 힘을 이용했고, 나귀는 빠른 발을 이용했다. 어느 정도 잡고 나서 사자는 그것들을 세 몫으로 나눈 후에 말했다. "첫 번째 몫은 더 높은 지위에 있는 자격으로 내가 가질 것이다. 나는 왕이기 때문이지. 두 번째 몫은 동업자의 자격으로 내가 갖는다. 다음으로 세 번째 몫에 대해 말하는데, 네가 도망치지 않는다면 화근이 될 거야."

모든 일에서 자기 힘이 어느 정도인지를 제대로 가늠한 후에
자기보다 힘 있는 자들과는 동업하거나 아예 함께하지 않는 것이 좋다.

사냥을 함께 한 사자와 당나귀

사자와 당나귀가 한 패를 이루어 사냥을 나갔다. 들염소가 있는 굴에 당도했을 때, 사자는 입구에 서서 들염소들이 밖으로 나오는 길목을 지키고 서 있었고, 당나귀는 안으로 들어가서 들염소들 사이를 뛰어다니며 기분 나쁜 소리로 울어대 들염소들이 겁을 집어먹고 밖으로 나오게 만들었다.

사자가 가장 큰 들염소를 잡자, 밖으로 나온 당나귀는 자기가 용맹하게 싸워 들염소들을 밖으로 몰아냈기 때문에 이런 성과를 거둔 것이 아니겠느냐고 사자에게 물었다. 그러자 사자가 말했다. "네가 당나귀라는 것을 내가 알았기에 망정이지, 그렇지 않았다면 나도 겁을 집어먹고 도망칠 수밖에 없었을 거야."

이처럼 모든 사정을 다 아는 사람들 앞에서 허세를 부리면
당연히 웃음거리밖에 안 된다.

사자와 당나귀와 여우

사자와 당나귀 그리고 여우가 한 패가 되어 사냥하기로 약속하고 사냥을 나갔다. 많은 동물을 잡고 나서, 사자는 당나귀에게 그것들을 나누라고 명령했다. 당나귀가 똑같이 세 몫으로 나눈 후에 사자에게 골라 가지라고 하자, 사자는 격노해서 당나귀를 덮쳐 먹어버렸다. 그다음에는 여우에게 몫을 나누라고 명령했다.

여우는 자기 몫으로 약간만 남겨두고서는, 셋이 잡은 모든 동물을 한 몫으로 만든 후에 사자에게 골라 가지라고 했다. 이런 식으로 나누라고 누가 가르쳐주었느냐고 사자가 묻자, 여우는 대답했다. "당나귀가 당한 불행이요."

사람은 이웃이 겪는 불행한 일을 보면서 지혜로워진다는 이야기다.

사자와 프로메테우스와 코끼리

사자가 프로메테우스를 만날 때마다 매번 불평을 늘어놓았다. 프로메테우스가 자기를 크고 멋있게 만들었고, 턱에는 이빨을, 발에는 발톱을 두어 다른 동물보다 더 힘이 세게 해준 사실은 인정하지만, 수탉만 보면 겁을 집어먹는 것이 불만이라고 했다.

프로메테우스가 말했다. "왜 너는 그걸 내 탓으로 돌리느냐? 내가 해줄 것은 다 해주었다. 네가 수탉 앞에서 겁을 집어먹는 것은 순전히 네 마음의 문제일 뿐이다." 사자는 자신의 처지를 한탄하면서 겁 많은 자신을 자책하다가, 결국에는 죽어버리기로 결심했다.

사자는 그렇게 결심하고 길을 가다가 우연히 코끼리를 만났다. 잠시 멈춰 서서 얘기를 나누다가, 코끼리가 계속 귀를 움직이는 것을 보고 물었다. "무슨 일이 있는 건가? 왜 그렇게 잠시도 귀를 가만두지 못하는 건가?" 그 순간 모기 한 마리가 코끼리 주위를 날아다녔고, 코끼리는 이렇게 말했다. "앵앵거리며 날아다니는 이 미물이 자네에게도 보이나? 이 미물이 내 귓속으로 들어가는 날에는 나는 영락없이 죽고 만다네."

그러자 사자가 말했다. "내 처지가 코끼리 처지보다 더 나은데, 내가 왜 죽어? 모기를 보고 겁내는 것보다야 수탉을 보고 겁내는 편이 훨씬 더 낫지 않는가?"

비록 모기라고 해도 코끼리에게 겁을 집어먹게 할 정도로 힘이 있다.

사자와 황소

몸집이 큰 황소를 잡아먹을 궁리를 하던 사자가 힘으로는 힘들겠다 싶어 술책을 사용하기로 작정했다. 그래서 양 한 마리를 신에게 제물로 바치고 연회를 열 예정이라고 하고는 그 황소를 초대했다. 먹기 위해 비스듬히 기대앉은* 황소를 덮칠 속셈이었다.

황소가 와서 보니, 거대한 가마솥과 큰 쇠꼬챙이만 많이 보이고, 양은 어디에도 보이지 않았다. 황소는 말 한 마디 하지 않고 돌아서서 떠나려고 했다. 사자가 그런 황소를 꾸짖으면서, 무슨 험한 일을 당한 것도 아닌데 이렇게 무턱대고 떠나려는 이유가 무엇이냐고 물었다.

그러자 황소가 말했다. "내가 괜히 이러는 것이 아니라오. 양을 잡을 준비는 되어 있지 않고, 황소를 잡을 준비만 되어 있기 때문이지요."

현명한 자들은 악인들의 술책에 넘어가지 않는다는 이야기다.

---

* 고대 그리스인은 옆으로 비스듬히 누운 자세로 식사했다. 이것은 황소가 누워 있어서 힘을 쓰지 못할 때 잡아먹겠다는 뜻이다.

미쳐 날뛰는 사자와 사슴

사자가 미쳐 날뛰고 있었다. 숲에서 이 모습을 본 사슴이 말했다. "큰일 났어요, 우리에게 재앙이 밀려올 거예요. 그가 정신이 온전할 때도 우리가 감당할 수 없었는데, 저렇게 미쳐 날뛰니 무슨 짓을 못하겠어요?"

난폭하고 잔인해서 습관적으로 남을 해치는 자들이
우두머리가 되어 권력을 장악해서는 안 된다.

생쥐를 무서워한 사자와 여우

사자가 잠을 자고 있는데, 생쥐가 그 몸 위를 뛰어다녔다. 갑자기 잠에서 깨어난 사자는 자기를 공격한 자를 찾아내려고 이리저리 사방으로 데굴데굴 굴렀다. 이 모습을 본 여우가 어떻게 사자가 되어서 생쥐 따위에 신경 쓰느냐고 핀잔을 주었다.

그러자 사자가 대답했다. "내가 이러는 것은 생쥐가 무서워서가 아니야. 감히 잠자는 사자 위를 뛰어다닐 정도로 대담한 자가 있다는 것에 놀랐을 뿐이야."

이 이야기는 사소한 일이라고 무시하고 그냥 넘기는 법이 없는
사람들이야말로 현명한 자들임을 가르쳐준다.

강도와 뽕나무

길에서 사람을 죽인 강도가 근방에 있던 사람들이 뒤쫓아오자, 유혈이 낭자한 희생자를 그대로 두고 도망쳤다. 반대 방향에서 오던 행인들이 무엇 때문에 손이 그렇게 더럽냐고 그에게 묻자, 강도는 방금 뽕나무에서 내려와서 그렇다고 말했다.

강도가 이렇게 말하고 있을 때, 그를 뒤쫓던 사람들이 들이닥쳤다. 그들은 강도를 붙잡아서 뽕나무에 묶어놓았다. 그러자 뽕나무가 강도에게 말했다. "당신의 죽음에 내가 일조한다고 해도 내 마음은 전혀 무겁지 않소. 정작 살인을 저지른 것은 당신인데, 나한테 그 피를 묻히려고 했기 때문이오."

천성이 착한 사람들이라도 비열한 자들에게 중상모략을 당하면
주저하지 않고 그들에게 적대감을 보이곤 한다.

늑대들과 개들의 전쟁

한때 늑대들과 개들이 적대관계에 있었다. 개들은 그리스 개[*]를 우두머리로 선출했다. 하지만 늑대들의 위협이 심해지는데도, 그리스 개는 전쟁에 나서는 깃을 계속 미루었다.

그리스 개가 말했다. "내가 전쟁에 나서기를 미룬다는 것을 너희도 알 것이다. 그렇게 하는 이유는 전쟁에 나서려면 우리끼리 먼저 충분히 숙고하고 의논해야 하기 때문이지. 늑대 진영 병사들은 모두 한 종족으로 이루어져 있고 몸의 색도 모두 동일한 반면에, 우리 쪽 병사들은 관습도 다양하고 각자 자기 출신지를 자랑스럽게 여기지. 그런데다 몸의 색도 서로 달라 어떤 자들은 검고, 어떤 자들은 붉으며, 어떤 자들은 희고, 어떤 자들은 회색이야. 이렇게 모든 점에서 전혀 달라서 조화가 되지 않는 자들을 내가 어떻게 전쟁터로 이끌 수 있겠나?"

전쟁에서 모든 병사의 의지와 생각이 하나가 될 때만 적을 이길 수 있다.

---

[*] 우리가 "진돗개", "풍산개"라고 부르듯이, 고대 그리스에서도 "몰로시아 개", "몰타 개", "라코니아 개" 등 개들의 명칭이 산지에 따라 달랐다. 이 우화는 고대 그리스가 많은 도시국가로 나뉘어 있음을 여러 품종의 개들에 빗대어 풍자한 것이다.

늑대들과 개들의 협상

늑대들이 개들을 향해 말했다. "너희는 모든 점에서 우리와 동일한데, 왜 우리를 형제로 받아들여 우리와 한 마음이 되려 하지 않는 것이냐? 취향을 제외한다면, 우리와 너희는 아무것도 다르지 않아. 우리는 자유롭게 살아가는 것을 선호하는 반면에, 너희는 사람들에게 예속되어 종살이하면서 매를 맞아도 다 감수하고는 목줄에 묶인 채로 양들을 지켜주며 살아가고 있지. 그런데도 사람들이 너희에게 던져주는 것이라곤 뼈다귀밖에 없어. 자기들은 그렇게 잘 먹으면서 말이야. 그러니 우리 말이 옳다고 생각한다면, 양들을 모두 우리에게 넘겨줘. 그러면 우리와 너희는 함께 모든 양을 차지해서 배 터지도록 먹게 될 거야." 개들이 그 말에 솔깃해서 문을 열어주자, 늑대들은 우리 안으로 들어가서 개들부터 다 죽였다.

조국을 배신하는 자들은 어떤 대가를 치르게 되는지 보여준다.

늑대들과 양들

늑대들이 양 떼를 공격할 계획을 세웠지만, 개들이 지키고 있어 덮칠 수가 없었다. 그래서 이 일에 성공하려면 책략을 사용하는 수밖에 없다고 판단했다. 늑대들은 양들에게 사절단을 보내 개들을 자신들에게 넘겨달라고 요구했다. 그러면서 그들이 서로 적대하는 원인이 개들에게 있기 때문에, 개들을 넘겨주기만 한다면 그들 간에 평화로운 관계가 이루어질 것이라고 말했다.

양들은 머지않아 무슨 일이 벌어지게 될지를 제대로 내다보지 못한 채로 개들을 넘겨주었다. 그러자 늑대들은 양들을 수월하게 차지해서는, 아무 보호도 받지 못하던 양 떼를 모조리 죽였다.

나라가 지도자들을 별 생각 없이 적국에 넘기면,
얼마 후에는 나라 자체도 적국의 수중으로 넘어가버린다.

늑대들과 양들과 숫양

늑대들이 양들에게 사절단을 보내서, 개들을 잡아 죽여주기만 한다면 그들과 지속적인 화친 관계를 맺겠다고 제안했다. 어리석은 양들은 그렇게 하기로 동의했다. 그러자 늙은 숫양이 말했다. "개들이 나를 지킬 때도 안심하고 풀을 뜯어먹을 수 없었는데, 어떻게 너희를 믿고 함께 살아갈 수 있겠느냐?"

불구대천의 원수가 한 맹세를 믿고서
우리 자신을 무장해제해서는 안 된다.

자기 그림자를 보고 거만해진 늑대와 사자*

어느 날 해가 서쪽으로 지고 있을 때 늑대가 황야를 어슬렁거리다가, 길게 드리워진 자신의 그림자를 보고 말했다. "이렇게 거대한 내가 사자 따위를 두려워했다니 말도 안 돼. 이렇게 키가 큰데 내가 모든 동물을 다스리는 왕이 될 수 없다니 말도 안 돼." 늑대는 이렇게 거만해져 있다가, 힘센 사자에게 잡아먹히고 말았다. 늑대는 후회하면서 소리쳤다. "불행의 화근은 바로 자만이로구나."

---

* 이 우화에는 "교훈"이 없다.

늑대와 염소

암염소 한 마리가 절벽에 있는 굴에서 풀을 뜯어먹는 모습을 늑대가 보았다. 하지만 그 모습을 보고도 다가갈 수가 없자, 늑대는 암염소에게 실수로 떨어지는 일이 없도록 거기서 빨리 내려오라고 말했다. 그러면서 자기 옆은 풀이 무성하게 잘 자란 곳이어서 풀을 뜯어먹기 더 좋다고 했다.

그러자 암염소가 대답했다. "네가 날 부르는 것은 나를 위해서가 아니라, 네 먹이가 다 떨어졌기 때문이겠지."

아무리 간교하고 악한 자일지라도 그들을 잘 아는 사람들 사이에서
악한 짓을 하려 하면 그 어떤 술책도 소용 없어진다.

늑대와 새끼 양

늑대가 강에서 물을 마시는 새끼 양을 보고는, 그럴듯한 꼬투리를 내세워 잡아먹으려 했다. 그래서 늑대는 자기가 강 상류에 있으면서도, 새끼 양이 강물을 흐려놓는 통에 물을 마실 수가 없다고 꾸짖었다. 새끼 양은 자기는 입술만 살짝 대고 마시는 데다가, 하류에서 마시기 때문에 상류에 있는 물을 흐려놓을 수 없다고 말했다.

늑대는 그런 식으로는 꼬투리를 잡을 수 없게 되자 이렇게 말했다. "작년에 네가 내 아버지를 욕했잖아." 새끼 양이 자기는 작년에 태어나지도 않았다고 하자, 늑대가 말했다. "네가 아무리 많은 변명을 늘어놓는다고 해도, 넌 반드시 잡아먹히게 되어 있어."

이미 악한 일을 실행하기로 작정한 자에게는
그 어떤 정당한 변명도 통하지 않음을 보여주는 이야기다.

늑대와 신전으로 피신한 새끼 양

늑대가 새끼 양을 추격했다. 그러자 새끼 양은 신전으로 피신했다. 늑대가 새끼 양에게 제관에게 붙잡히면 신에게 제물로 드려지게 될 것이라고 말하면서 어서 나오라고 하니 새끼 양이 말했다. "너한테 붙잡혀 죽기보다는 신의 제물이 되는 편이 더 낫겠어."

이러나저러나 죽을 수밖에 없다면 명예롭게 죽는 쪽이 더 낫다는 이야기다.

늑대와 노파

굶주린 늑대가 먹이를 찾아 돌아다니다가 어느 곳에 이르렀을 때, 아이 울음소리가 나고 노파가 그 아이에게 말하는 소리를 들었다. "그만 울거라. 울음을 그치지 않으면, 지금 당장 늑대에게 널 주고 말 것이야." 늑대는 노파의 말을 진담으로 생각하고는, 그 자리에 서서 노파가 아이를 던져주기만을 몇 시간이고 기다렸다.

이윽고 저녁이 되자, 늑대는 이번에는 노파가 아이를 달래며 이렇게 말하는 것을 들었다. "애야, 만일 늑대가 여기로 온다면, 우리가 힘을 합쳐 그 늑대를 죽여버리자." 늑대가 그 말을 듣고 자리를 떠나면서 말했다. "이 집은 말과 행동이 서로 다르군."

이것은 말과 행동이 서로 다른 사람들에게 들려주는 우화다.

늑대와 왜가리

뼈다귀를 삼키다가 목에 걸린 늑대가 자기를 치료해줄 자를 찾아 백방으로 돌아다녔다. 왜가리와 마주치자, 늑대는 보수를 주겠다고 약속하면서 뼈다귀를 꺼내달라고 부탁했다. 왜가리는 늑대의 목구멍 속으로 자기 머리를 집어넣어 뼈다귀를 꺼내주고는 약속한 보수를 달라고 요구했다.

그러자 늑대가 말했다. "이봐, 네 머리가 늑대의 입에 들어갔는데도 무사히 나온 것만으로도 감사해야 할 일인데, 거기에다 보수까지 요구하는 게 말이 된다고 생각해?"

악인들이 은혜 갚는 것은 고사하고 더한 해를 가하지 않기만 해도,
악인으로서는 최대한 호의를 베푼 것임을 보여준다.

늑대와 말

늑대가 어느 논을 지나가다 보리를 발견했다. 하지만 보리는 먹을 수 없었기 때문에 그대로 내버려두고 자리를 떠났다. 그렇게 조금 가다가 말을 우연히 만났다. 늑대는 말을 그 논으로 데려간 후에, 자기가 보리를 발견했지만 먹지 않고 말을 위해 잘 보존한 것은 말이 이빨로 씹어먹는 소리가 듣기 좋기 때문이라고 말했다. 그러자 말이 맞받아쳤다. "이봐, 늑대가 보리를 먹을 수 있었다면, 배가 아니라 귀를 선택하는 일은 없었겠지."

천성이 악한 자들은 자신의 선의를 아무리 강조해도
사람들이 믿어주지 않음을 보여주는 이야기다.

늑대와 개

늑대가 목줄*에 묶인 큰 개를 보고 물었다. "누가 너를 이렇게 묶어놓고 먹여주는 거냐?" 그러자 개가 대답했다. "사냥꾼이지. 하지만 내 친구인 늑내는 이렇게 살지 않았으면 해. 목줄에 묶여 있을 때는 늘 배가 고프기 때문이야."

이 이야기는 괴롭고 불행한 환경에서는
아무리 먹어도 배부를 수 없음을 보여준다.

---

* 고대 그리스에서 크고 사나운 개들은 나무로 만든 무거운 목줄로 묶어놓았는데, 여기에
서 "목줄"로 번역한 '클로이오스'(κλοιός)는 일반적인 목줄이 아니라 그런 무거운 목줄을
가리킨다.

늑대와 사자

어느 날 늑대가 양 떼 중에 한 마리를 낚아채 자기 굴로 가져갔다. 하지만 도중에 사자를 정면으로 마주치는 바람에 양을 뺏겨버렸다. 늑대는 멀찌감치 서서 말했다. "내 것을 그렇게 빼앗아가다니, 부당하오." 그러자 사자가 웃으며 말했다. "그런 식으로 말하는 너는 이 양을 친구에게서 정당하게 받은 것이냐?"

이것은 서로 무언가를 차지하려고 치고받고 싸우는
탐욕스러운 강도와 도둑들을 꾸짖는 우화다.

늑대와 당나귀

한 늑대가 늑대들의 우두머리가 된 뒤 모든 늑대가 지켜야 할 법을 제정
했다. 각자 사냥해서 잡은 것들은 모두 가운데로 가지고 나와 똑같이 나
누어 가셔야 한다는 법이있다. 그렇게만 한다면 먹이가 떨이졌을 때 서
로를 잡아먹는 일은 벌어지지 않는다는 것이었다.

때마침 당나귀가 지나가다가 갈기를 흔들며 말했다. "늑대의 마음속
에서 그런 착한 생각이 나오다니 별일이네. 하지만 자네가 어제 사냥해
서 자네 굴에 숨겨둔 것은 어떻게 하나? 당연히 그것도 가운데로 가져와
서 나눠야지." 그러자 우두머리 늑대는 당나귀를 욕하며 그 법을 없던 것
으로 해버렸다.

법 제정자들은 겉으로는 정의로운 척하며 법을 제정하지만
실제로는 자신이 만든 법들을 지키지 않는다.

늑대와 목자

한 늑대가 양 떼를 졸졸 따라다니면서도 양들에게 아무런 해도 가하지 않았다. 목자는 처음에는 늑대를 적이라고 생각해서 단단히 경계하며 두려움 속에서 철저히 감시했다. 하지만 늑대가 계속 졸졸 따라다니기만 하고 양을 낚아채가려는 기미가 전혀 보이지 않자, 저 늑대는 기회를 노리며 교활한 술수를 쓰는 게 아니라 도리어 양들을 보호해주려 한다고 생각하게 되었다. 그래서 어느 날 읍내로 내려가야 할 사정이 생기자 목자는 양들을 늑대에게 맡기고는 길을 떠났다.

기회를 잡은 늑대는 양들을 공격해서 대부분을 찢어 죽였다. 읍내에서 돌아와 양 떼가 찢겨 죽은 것을 본 목자가 말했다. "늑대를 믿고 양들을 맡겼으니, 내가 이런 일을 당해도 싸지."

재물에 욕심이 있는 자들에게 값나가는 것을 맡겼다면
잃을 것을 각오해야 한다.

배부른 늑대와 양

먹이를 잔뜩 먹어 배가 부른 늑대가 땅 위에 쓰러져 있는 양을 보았다. 늑대는 양이 자기를 보고 겁이 나서 쓰러졌다는 것을 알아차리고는 다가가서 안심시킨 후에, 자기에게 세 가지 참된 말을 하면 그냥 보내주겠다고 말했다.

양은 첫 번째로 늑대를 아예 만나지 않았으면 좋겠다고 말했다. 그리고 두 번째로는 그렇게 되지 않았다면 늑대의 눈이 멀었으면 좋겠다고 말했다. 세 번째로는 자기들은 늑대에게 아무런 해도 끼치지 않는데 늑대는 나쁜 마음을 먹고 양 떼를 공격해오기 때문에, 그런 악한 늑대들은 모조리 비참하게 죽었으면 좋겠다고 말했다.

그러자 늑대는 양이 거짓 없는 참말을 했다는 것을 인정하고 양을 보내주었다.

이 이야기는 진실은 적들에게도 통하는 경우가 많음을 보여준다.

상처입은 늑대와 양

개들에게 물린 늑대가 심한 상처를 입고 쓰러져 있었다. 그런 상태로는 스스로 먹이를 구할 수 없었던 늑대는 마침 양이 있는 것을 보고는, 가까운 강으로 가서 물을 좀 떠서 가져다 달라고 부탁했다. "네가 내게 물을 떠다 주면, 나는 스스로 먹이를 구할 수 있게 될 거야." 그러자 양이 말했다. "내가 당신에게 물을 떠다 준 후에는, 틀림없이 당신은 나를 먹이로 삼으려고 하겠죠."

그럴듯한 속임수를 써서 다른 사람을 해치려는
악인들의 모습을 잘 보여주는 이야기다.

등불

기름을 잔뜩 마시고 취해서 밝은 빛을 발산하는 등불이 자기가 해보다 더 밝다고 으스댔다. 이때 휙 하고 바람이 불자, 등불은 즉시 꺼져버렸다. 어떤 사람이 다시 불을 붙이면서 말했다. "등불아, 잠자코 빛을 비추기나 해라. 네 빛으로는 별빛조차도 어둡게 할 수 없다는 것을 알아야지."

인생에서 영광과 명예를 누리며 살아간다고 할지라도, 그로 인해 눈먼 자가 되어서는 안 된다. 그런 것들은 본래부터 우리 것이 아니라 외부에서 어쩌다 우리에게 주어진 것임을 알아야 한다.

점쟁이

한 점쟁이가 장터에 앉아 점을 쳐서 돈을 벌고 있었다. 갑자기 어떤 사람이 그에게 오더니, 그의 집 문들이 열려 있고 안에 있던 모든 것이 없어졌다고 알려주었다. 점쟁이는 혼비백산해서 벌떡 일어나더니, 대체 무슨 일인지 알아보려고 헐레벌떡 달려갔다.

그러자 그 근처에 있던 사람들 중에서 누군가가 그것을 보고 말했다. "이보시오, 당신은 다른 사람들에게 일어날 일은 미리 알 수 있다고 장담하면서, 정작 자신에게 일어날 일은 미리 내다보지 못하는 것이오?"

자기 일은 제대로 관리하지 못하면서, 자기와는 아무 상관도 없는 일들에 끼어들어 다 알고 있다는 듯이 참견하는 사람들에게 하는 이야기다.

벌들과 제우스

애써 모은 꿀을 사람들이 차지하는 것을 못마땅하게 여긴 벌들이 제우스에게 가서, 벌집에 다가오는 자들을 침으로 찌를 수 있는 힘을 달라고 요청했다. 그러자 벌들의 못된 심보에 격노한 제우스는 벌들에게 침을 주되 누군가를 찌를 때마다 그 침을 잃고 자기 목숨도 빼앗기게 만들어버렸다.

다른 사람들이 잘되는 것을 시기하다가
도리어 자신이 피해를 입게 된다는 이야기다.

양봉업자

양봉업자가 없는 사이에 누군가가 그의 집에 들어가서 꿀과 벌집들을 훔쳐갔다. 양봉업자는 집에 돌아와 벌통들이 텅 빈 것을 보고는, 거기 서서 어찌 된 일인지 찬찬히 살펴보고 있었다.

그때 먹이를 구하러 나갔다가 돌아온 벌들이 양봉업자를 발견하고는 인정사정 봐주지 않고 침으로 찌르며 공격을 퍼부었다. 그러자 양봉업자가 벌들을 향해 말했다. "이 못된 녀석들아, 너희 벌집을 훔쳐간 자는 고이 보내주고는, 너희를 돌봐주는 나는 이렇게 무지막지하게 공격하는구나."

사람들도 사정을 잘 알지 못하면 적들은 경계하지 않고,
도리어 친구들을 의심하여 내치는 때가 종종 있다.

키벨레 여신의 걸식 제관들

키벨레 여신의 걸식 제관들[*] 한 무리에게 당나귀가 있었다. 그들이 걸식을 하러 다닐 때, 당나귀는 그들의 짐을 실어 나르는 일을 했다. 어느 날 이 당나귀가 혹사당하다가 기력이 다해 죽자, 제관들은 당나귀의 가죽을 벗겨 그 가죽으로 여러 개의 북을 만들어 마구 두드리고 다녔다.

얼마 후에 또 다른 키벨레 제관 무리가 그들을 만났을 때 당나귀는 어디에 있느냐고 물었다. 그러자 그들은, 당나귀는 죽었지만 살아 있을 때나 지금이나 똑같이 매를 맞고 있다고 말했다.

종으로 살아가던 자들 중에는 종살이 처지에서 놓여나서도
그때의 습관에서 벗어나지 못하는 사람이 있다.

---

* "키벨레 여신"은 소아시아 전역에서 숭배된 풍요의 신으로 산신들의 어머니 신이었다. 이 여신의 제관들은 유랑하며 걸식하는 것으로 유명했다. 여기에서 "북"으로 번역된 그리스어 '튐파논'(τύμπᾰνον)은 키벨레 여신과 주신 디오니소스를 숭배하는 데 주로 사용된 북을 가리킨다.

생쥐들과 족제비들

생쥐들과 족제비들이 서로 전쟁 중이었다. 그런데 전투를 벌였다 하면 늘 생쥐들이 패했다. 그러자 생쥐들은 지휘관이 없어서 이런 사태가 벌어졌다고 생각해서, 회의를 열고 손을 들어 표시하는 방식으로 그들 중에서 몇을 지휘관으로 선출했다.

자신이 다른 생쥐들과 구별되기를 원했던 이 지휘관들은 뿔을 만들어 각자의 머리에 달았다. 다시 전투가 시작되자, 이번에도 생쥐들은 완패를 당했다. 그런데 다른 생쥐들은 모두 줄행랑을 쳐서 수월하게 구멍으로 들어갔지만, 지휘관들은 머리에 단 뿔 때문에 구멍 속으로 들어가지 못해 잡아먹히고 말았다.

이처럼 허영심이 화근이 되는 경우가 많다.

파리

파리가 고기를 삶는 토기 속에 빠지자, 그 국물 속에서 죽어가면서 중얼거렸다. "나는 먹고 마시고 목욕까지 했다. 그러니 죽는다 해도 아무렇지도 않아."

아무런 고통 없이 죽을 수만 있다면, 사람들은 죽음을 쉽게
받아들인다는 것을 보여주는 이야기다.

파리들

어느 곳간에서 꿀이 쏟아지자 파리들이 날아와 먹기 시작했다. 그런데 너무 맛있어서 중간에 그만둘 수가 없었다. 결국 발이 들러붙어 날아갈 수 없게 된 파리들은 죽어가면서 말했다. "찰나의 쾌락을 못 이겨 이렇게 죽는다니, 우리는 한심하기 짝이 없구나."

먹는 것에 대한 탐심은 많은 불행의 화근이다.

240

개미

지금의 개미는 예전에는 사람이었다. 농부였던 개미는 자기가 노력해서 거둔 수확물에 만족하지 않고, 다른 사람들의 것에 눈독을 들이다가 이웃의 수확물을 계속 훔치곤 했다. 제우스는 그의 탐욕에 격노해서 그를 오늘날 개미라고 불리는 동물로 바꾸어버렸다.

하지만 그의 몸은 달라졌어도, 그의 성향은 달라지지 않았다. 그래서 그는 지금도 들판을 돌아다니면서 남들이 농사지은 밀과 보리를 마치 자기 것인 양 가져다가 모아놓는다.

천성이 악한 자들은 아무리 큰 벌을 받아도
자신의 악한 습성을 바꾸지 않는다는 것을 보여준다.

개미와 쇠똥구리

개미가 여름철 들판을 누비고 다니며 밀과 보리를 모아 겨울에 먹을 양식으로 저장해놓았다. 다른 동물은 일을 그만두고 한가롭게 편히 지내는 시기에 힘을 들여 열심히 일하는 개미를 본 쇠똥구리는 이상하게 생각했다. 하지만 그때 개미는 아무 말도 하지 않고 가만히 있었다.

그러다가 겨울이 찾아와서 비바람이 몰아쳐 쇠똥이 다 없어지자, 굶주린 쇠똥구리는 개미를 찾아가 먹을 것을 좀 나누어달라고 부탁했다. 그러자 개미가 쇠똥구리에게 말했다. "쇠똥구리야, 내가 힘들여 일할 때, 나를 이상하다고 헐뜯지 말고 너도 열심히 일했더라면 지금 와서 양식이 떨어지지는 않았을 거야."

형편이 좋을 때 미래를 대비해놓지 않으면
안 좋은 시절이 찾아왔을 때 심한 고생을 하게 된다.

개미와 비둘기

목마른 개미가 개울가로 내려갔다가 물살에 휩쓸려 죽게 되었다. 이것을 본 비둘기가 나뭇가지를 꺾어 물에 던져주었고, 개미는 그 위로 올라앉아 목숨을 건졌다.

이런 일이 벌어지는 와중에 새 사냥꾼이 끈끈이 장대로 비둘기를 덮쳐 잡으려고 했다. 그것을 본 개미가 새 사냥꾼의 발을 물었다. 그러자 새 사냥꾼은 고통스러워하며 끈끈이 장대를 내던졌고, 비둘기는 재빨리 도망칠 수 있었다.

이 우화는 착한 일을 한 사람은 반드시 보답을 받게 됨을 보여준다.

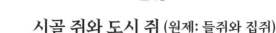
시골 쥐와 도시 쥐 (원제: 들쥐와 집쥐)

들쥐와 집쥐가 친구가 되었다. 식사나 같이 하자는 들쥐의 초대를 받은 집쥐는 즉시 들판으로 갔다. 하지만 먹을 것이라고는 보리와 곡식뿐인 것을 보고 말했다. "친구여, 자네는 지금 개미 같은 삶을 살고 있다는 것을 알아야 해. 내가 사는 곳에는 맛있는 것들이 많이 있으니, 나와 함께 가서 마음껏 먹고 즐기세."

둘은 그 자리에서 바로 길을 나섰다. 집쥐는 들쥐에게 콩과 곡물과 대추야자와 치즈와 꿀과 과일을 보여주었다. 들쥐는 놀라워하며 진심으로 입에 침이 마르도록 칭찬하면서 자신의 신세를 한탄했다.

둘이 식사를 시작하려고 하는데, 어떤 사람이 갑자기 문을 열었다. 이 불쌍한 쥐들은 문소리에 겁을 집어먹고 얼른 틈새로 뛰어들어갔다. 얼마 후에 다시 말린 무화과를 먹으려 하는데, 또 다른 사람이 뭔가를 가지러 방에 들어왔다. 쥐들은 다시 쥐구멍 속으로 재빨리 뛰어들어가 숨었다.

그러자 들쥐는 배고픈 것도 잊어버린 듯 한숨을 푹푹 쉬며 집쥐에게 말했다. "친구여, 잘 있게. 자네나 배 터지게 먹으며 큰 즐거움을 누리시게나. 많은 위험과 두려움을 감수하면서 말일세! 가련한 나는 누구의 눈치도 보지 않으면서 아무 두려움 없이 보리와 곡식을 갉아먹으며 살아갈 것이네."

이 우화는 두려움과 고통 속에서 풍족하게 살기보다는 부족해도
마음 편한 삶을 살아가는 쪽이 더 낫다는 것을 보여준다.

쥐와 개구리

땅에서 살아가는 쥐가 운 나쁘게 개구리와 친구가 되었다. 개구리는 악의를 품고 자기 발과 쥐의 발을 한데 묶었다. 둘은 처음에는 곡식을 먹기 위해 땅 위를 돌아다녔다. 그러다가 연못가에 이르자, 개구리는 쥐를 끌고 연못의 바닥으로 들어가서는 개굴개굴 울면서 물속을 휘젓고 다녔다.

불쌍한 쥐는 물을 잔뜩 마시다가 몸이 부풀어올라 죽었다. 그리고 물 위로 떠올라 여전히 개구리의 발에 묶인 채로 둥둥 떠다녔다. 이때 솔개가 쥐를 보고 발톱으로 낚아챘다. 그러자 한데 묶여 있던 개구리도 딸려 올라가 솔개의 먹이가 되고 말았다.

죽은 자에게도 복수할 힘은 있다. 정의의 여신은 모든 것을 감시하며 저울로 달아 균형을 맞추기 때문이다.

난파당한 사람과 바다

어떤 사람이 난파를 당해 해변에 내팽개쳐진 채로 기진맥진해서 잠들어 있었다. 얼마 후에 잠에서 깨어난 그는 바다를 보더니 꾸짖기 시작했다. 포근하고 온화한 품속으로 어서 오라고 사람들을 유혹해 환대하다가 갑자기 난폭해져서 그들을 죽이려 했다는 것이었다.

그러자 여자의 모습을 하고 나타난 바다가 그 사람에게 말했다. "이보세요, 내가 아니라 바람을 나무라세요. 당신이 지금 보고 있는 것이 내 본래 모습인데, 바람이 시도 때도 없이 나를 덮쳐 온통 거친 파도로 뒤덮고 이토록 거칠게 만든답니다."

어떤 사람이 남의 강압으로 어쩔 수 없이 나쁜 짓을 하게 되었다면
그에게 책임을 물어서는 안 된다.
그 일을 시킨 사람에게 책임을 묻는 것이 당연하다.

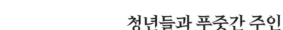

청년들과 푸줏간 주인

두 청년이 푸줏간에서 고기를 사고 있었다. 푸줏간 주인이 뒤돌아 있는 동안에, 한 청년이 좋은 부위를 잘라내고 남은 허드레 고기를 훔쳐 다른 청년의 품속에 집어넣었다. 앞으로 돌아서서 허드레 고기를 찾던 푸줏간 주인이 청년들을 꾸짖자, 가져간 청년은 갖고 있지 않다고 맹세했고, 갖고 있던 청년은 가져가지 않았다고 맹세했다.

그들의 간교한 술책을 알아차린 푸줏간 주인은 말했다. "당신들이 거짓 맹세로 내게서는 빠져나가겠지만, 신들에게서는 절대로 빠져나갈 수 없을 것이오."

그럴듯한 말로 거짓 맹세를 하여 사람들을 속일 수는 있겠지만,
거짓 맹세로 불경죄를 저질렀기에 신들의 징벌로부터 벗어나지는 못한다.

새끼 사슴과 아빠 사슴

어느 날 새끼 사슴이 아빠 사슴에게 말했다. "아빠, 아빠는 개들보다 더 크고 더 빨리 달릴 뿐만 아니라, 아주 큰 뿔도 있어서 충분히 방어할 수 있잖아요. 그런데도 왜 개들을 그렇게 무서워하시는 거예요?"

그러자 아빠 사슴이 웃으며 말했다. "애야, 네 말이 맞기는 하다. 하지만 분명한 것은, 개 짖는 소리가 들리기만 해도 어디로 달려갈지도 모르고 즉시 도망치게 된다는 것이지."

이 우화는 천성이 겁 많은 자들은 아무리 격려를 해주어도
전혀 힘을 쓰지 못함을 보여준다.

젊은 탕아와 제비

아버지에게서 물려받은 유산을 다 탕진해버린 젊은 탕아가 있었다. 이제 그에게 남은 것이라고는 오직 외투뿐이었다. 그때 제비 한 마리가 너무 이른 시기에 날아왔는데, 그것을 본 탕아는 이제 여름이 됐으니 더 이상 외투가 필요 없으리라 생각하고는 가서 팔아치워버렸다.

얼마 후에 다시 겨울 날씨가 되어서 추위가 맹위를 떨쳤다. 이리저리 떠돌아다니던 탕아가 추위에 얼어 죽은 제비를 보고 말했다. "이 녀석, 나와 너를 망쳐놓은 게 바로 너였구나."

이 이야기는 때를 잘못 맞추면 어떤 일이든 망치기 쉬움을 보여준다.

환자와 의사

의사가 몸 상태가 어떠냐고 묻자, 환자는 필요 이상으로 땀을 많이 흘리고 있다고 대답했다. 의사는 "그건 좋은 증상입니다"라고 말했다. 의사가 두 번째로 찾아와서 몸 상태가 어떠냐고 물었을 때는, 오슬오슬 한기가 들어 몸이 계속 떨린다고 대답했다. 이번에도 의사는 "그것은 좋은 증상입니다"라고 말했다. 의사는 세 번째로 찾아와서 몸 상태가 어떠냐고 물었고, 환자는 설사가 나온다고 대답했다. 이번에도 의사는 좋은 증상이라고 말하고는 돌아갔다.

친척 중 한 사람이 찾아와서 환자에게 좀 어떠냐고 물었다. 그러자 환자가 말했다. "나는 좋은 증상들 때문에 죽어가고 있어요."

우리는 참을 수 없을 정도로 큰 고통을 당하고 있는데도, 이웃들은
겉모습만 보고 판단해서 우리가 행복하게 살아간다고 생각한다.

박쥐와 가시나무와 갈매기

박쥐와 가시나무와 갈매기가 동업을 해서 함께 살기로 했다. 사업자금을 마련하려고 박쥐는 돈을 꿔서 내놓았고, 가시나무는 옷감을 가져왔으며, 갈매기는 청동을 가져왔다. 이렇게 해서 그들은 배를 타고 떠났다. 하지만 거센 폭풍을 만나 배가 뒤집혀 그들이 가진 모든 것을 잃어버린 채로 몸만 빠져나왔다. 그들은 육지에 당도하여 간신히 목숨을 건졌다.

이 일이 있은 후로 갈매기는 바다가 자신의 청동을 뭍으로 던져줄지도 모른다고 생각해서 언제나 바닷가를 맴돌며 기다린다. 또한 박쥐는 채권자들을 만날까봐 두려워서 낮에는 모습을 드러내지 않다가 밤이 되면 먹이를 구하러 다닌다. 그리고 가시나무는 어디선가 자기 옷감을 찾을 수 있지 않을까 생각하고서, 지나다니는 사람들의 옷에 들러붙는다.

사람은 자신과 이해관계가 있는 것에 온통 관심을 쏟기 마련임을
보여주는 우화다.

박쥐와 족제비들

땅에 떨어졌다가 족제비에게 잡혀 꼼짝없이 죽게 된 박쥐 한 마리가 살려달라고 애원했다. 족제비는 자기는 천성적으로 모든 새를 잡아먹도록 되어 있기 때문에 그를 살려줄 수 없다고 말했다. 그러자 박쥐는 자기는 새가 아니라 쥐라고 말해서 놓여났다.

얼마 후에 박쥐가 또다시 땅으로 떨어졌다가 다른 족제비에게 잡히자, 자기를 잡아먹지 말아달라고 애원했다. 족제비가 자기는 모든 쥐의 적이라고 말하자, 박쥐는 자기는 쥐가 아니라 새라고 말해 또다시 놓여났다. 이런 식으로 박쥐는 자기 이름만 서로 다르게 말해서 두 번이나 목숨을 건졌다.

우리는 언제나 같은 행동만 고집해서는 안 되고, 상황에 따라
다르게 행동하여 위험에서 벗어날 수 있음을 보여주는 우화다.

나무들과 올리브나무*

어느 날 거수로 자신들의 왕을 선출하기 위해 모인 나무들이 올리브나무에게 말했다. "당신이 우리 왕이 되어 주시오." 올리브나무가 나무들에게 말했다. "나의 기름은 신과 인간들도 공경하는데, 그런 나의 기름을 포기하고 고작 나무들의 왕이 되라는 것인가?" 나무들은 다시 무화과나무에게 말했다. "당신이 어서 와서 우리 왕이 되어 주시오." 무화과나무가 나무들에게 말했다. "달콤하고 훌륭한 맛을 자랑하는 내 열매를 포기하고 고작 나무들의 왕이 되라는 것인가?"

나무들이 가시덤불에게 말했다. "당신이 어서 와서 우리 왕이 되어 주시오." 가시덤불이 나무들에게 말했다. "너희가 진정 내게 기름을 부어 너희 왕으로 삼고자 한다면, 너희는 내 밑으로 들어와 나를 피난처로 삼아야 한다. 그렇게 하지 않으면, 이 가시덤불에서 불이 나와서 레바논의 삼나무들을 집어삼킬 것이다."

---

* 이 우화에는 "교훈"이 없다. 우화에 등장하는 레바논 삼나무는 당시 최고의 목재로 인정 받았다.

금도끼 은도끼 (원제: 나무꾼과 헤르메스)

어떤 사람이 강 옆에서 나무를 베다가 자신의 도끼를 강물에 빠뜨리고 말았는데, 어떻게 해볼 도리가 없어 강둑에 앉아 울고 있었다. 헤르메스가 그 사람이 우는 이유를 알고는 불쌍한 마음에 강물 속으로 들어가 금도끼를 가지고 나와 이것이 잃어버린 것이냐고 물었다. 그가 아니라고 말하자, 헤르메스는 다시 강물 속으로 들어가 은도끼를 가지고 나왔다. 하지만 이번에도 자기 것이 아니라고 말하자, 헤르메스는 세 번째로 물속으로 들어가서 그가 사용했던 도끼를 가지고 나왔다. 그게 바로 자기가 잃어버린 도끼라고 하자, 헤르메스는 그의 정직함을 가상히 여겨 세 자루의 도끼를 모두 그에게 주었다.

그는 집으로 돌아가 자기가 겪은 일을 친구들에게 자세히 들려주었다. 자기도 그런 도끼들을 얻고 싶었던 한 친구는 강으로 가서 도끼를 일부러 강물 속으로 던져버리고는 앉아서 울고 있었다. 그러자 헤르메스가 나타나 그가 우는 이유를 물어본 후에, 지난번과 똑같이 강물 속으로 들어가 금도끼를 가지고 나와 이것이 잃어버린 도끼냐고 물었다. 그는 아주 기뻐하면서 "바로 그것입니다"라고 대답했다. 그러자 헤르메스 신은 그런 후안무치함이 얄미워 금도끼를 주지 않는 것은 물론이고, 그의 도끼도 찾아주지 않았다.

이 우화는 신은 정직한 자들과는 함께하지만,
정직하지 않은 자들은 적대함을 보여준다.

나그네들과 곰

두 친구가 함께 길을 걷고 있었다. 그들 앞에 곰이 나타나자, 한 친구는 먼저 나무 위로 올라가서 숨었고, 다른 친구는 잡힐 것 같아서 땅바닥에 엎드려 시체인 척했다. 곰이 그에게 가까이 다가와서는 코로 여기저기 냄새를 맡았지만, 그는 숨을 꾹 참았다. 곰이라는 동물은 시체를 건드리지 않는다는 말을 들었기 때문이었다.

곰이 떠나고 나자, 나무 위로 올라가 숨었던 친구가 내려와서는 곰이 그의 귀에 대고 무슨 말을 했느냐고 물었다. 그러자 친구가 대답했다. "이후로는 위험할 때 도망가는 친구와는 함께하지 말라고 하더군."

힘든 일을 함께 겪어보아야 참된 친구인지 아닌지를 알 수 있다는 이야기다.

나그네들과 까마귀

일이 있어서 함께 길을 가던 사람들이 한쪽 눈이 없는 까마귀를 보았다. 그들은 그 까마귀를 주목했는데, 어떤 사람은 이것이 불길한 징조이니 되돌아가자고 권유했다.

그러자 또 다른 사람이 말했다. "자기 눈을 잃지 않도록 미리 조치를 취하지도 못한 까마귀가 어떻게 우리 앞날을 예언할 수 있겠소?"

자기 일도 제대로 하지 못하는 자들은 남의 일에 조언할 자격이 없다.

나그네들과 도끼

두 사람이 함께 길을 가고 있었다. 그중 한 사람이 도끼를 발견하자, 다른 사람이 "우리가 도끼를 발견했네"라고 말했다. 그러자 도끼를 먼저 발견한 사람이 다른 사람에게 "우리가 발견했네"라고 하지 말고 "자네가 발견했네"라고 말하라고 충고했다.

얼마 후에 두 사람은 도끼를 잃어버린 사람들과 맞닥뜨렸다. 그들에게 쫓기게 되자, 도끼를 가진 사람은 동행에게 "우리는 망했네"라고 말했다. 그러자 그 동행이 말했다. "'우리는 망했네'라고 하지 말고, '나는 망했네'라고 하게. 자네는 도끼를 발견했을 때 나와 나눌 생각이 없었기 때문이네."

이 이야기는 좋은 일이 생겼을 때 그 이익을 나누려 하지 않는 자들은 나쁜 일을 당했을 때 친구의 도움을 받을 수 없다는 것을 보여준다.

나그네들과 플라타너스

어느 여름날 정오에 불볕더위로 녹초가 된 나그네들이 플라타너스를 보고는 그 아래로 들어가 그늘 안에 누워 쉬었다. 그들은 플라타너스를 올려다보며 서로 이야기하다가, 이 나무는 열매를 맺지 못해 아무짝에도 쓸모없다고 말했다.

플라타너스가 말했다. "지금 나의 은덕을 누리고 있으면서도 내가 열매를 못 맺어 아무짝에도 쓸모없다고 하다니, 참 배은망덕한 자들이로군."

남에게 은덕을 베풀면서도 쓸모 있다는
인정을 받지 못하는 운 나쁜 사람이 종종 있다.

나그네들과 나뭇단

나그네들이 해변을 따라 길을 가다 높은 곳에 이르렀다. 그들은 저 멀리 바다 위에 둥둥 떠 있는 나뭇단을 보고는 군함으로 착각해서, 조금 있다가 해안에 상륙할 줄로 생각하고 기다렸다. 얼마 후에 나뭇단이 바람에 떠밀려 더 가까이 오자 군함이 아니라 화물선으로 보였다.

이윽고 해변에 당도했을 때 사실이 밝혀지자, 나그네들은 말했다. "아무것도 아닌 것을 뭐라도 되는 것처럼 기대하며 기다린 셈이군."

어떤 사람에 대해 아무것도 몰랐을 때는 대단해 보이다가도
실제로는 아무것도 아니라는 사실이 드러날 때가 있음을 보여주는 우화다.

나그네와 참말

한 나그네가 길을 가다가, 사람들의 발길이 드문 외진 곳에서 혼자 고개를 숙이고 침울한 모습으로 서 있는 여자를 보고 물었다. "당신은 누구시오?" 여자는 "나는 참말이에요"라고 대답했다. 나그네가 "무슨 연유로 도시를 떠나 이 외진 곳에서 사는 거요?"라고 묻자, 여자는 대답했다. "예전에는 거짓말이 소수의 사람들과 함께 있었지만, 지금은 모든 사람과 함께 있기 때문이지요. 누군가가 말할 때도 거짓말이 거기 있고, 누군가의 말을 들어보려 해도 거짓말이 거기 있답니다."

참말보다 거짓말이 판을 치면, 삶은 악해지고 살기 힘들어진다.

나그네와 헤르메스

먼 길을 떠나게 된 나그네는 길에서 뭔가를 주울 때마다 절반은 헤르메스에게 바치겠다고 서약했다. 그런 후에 길을 가다 아몬드와 대추야자가 든 자루를 발견하고는, 돈이 든 자루라고 생각해서 집어 들었다.

자루를 흔들어보고 그 안에 무엇이 들어 있는지를 확인한 나그네는 그것을 다 먹고 나서, 아몬드 껍질과 대추야자 씨를 가져다가 제단 위에 올려놓고는 말했다. "헤르메스시여, 내가 길에서 주운 것 중에서 안에 있는 것과 밖에 있는 것을 나누어드렸으니, 나는 서약을 지킨 겁니다."*

자신의 욕심 때문에 그럴듯한 말로 신들도 기만하는
탐욕스러운 자들이 있음을 이 이야기는 보여준다.

---

* 아몬드 안에 있는 것(속살)은 자기가 먹고 밖에 있는 것(껍질)은 헤르메스에게 바쳤으며, 대추야자 밖에 있는 것(속살)은 자기가 먹고 안에 있는 것(씨)은 헤르메스에게 바쳤으니, 절반을 바치겠다는 서약을 지켰다는 뜻이다.

나그네와 행운의 여신

어떤 나그네가 오랜 여행에 지쳐 우물 옆에 쓰러져 잠이 들었다가 우물에 빠질 뻔했다. 그 순간 행운의 여신이 나타나서 그를 깨우며 말했다. "이봐, 만일 네가 우물에 빠졌다면, 자기 잘못은 생각하지 않고 모든 것을 내 탓으로 돌렸겠지."

많은 사람이 자기 잘못으로 화를 당하고도 모든 것을 신들 탓으로 돌린다.

제우스를 찾아간 당나귀들

어느 날 당나귀들이 무거운 짐을 끊임없이 실어 나르고 고된 일을 해야 하는 신세에 불만을 품고서, 제우스에게 사절단을 보내 이 고역을 조금이라도 덜어달라고 요구했다. 제우스는 그것이 불가능하다는 사실을 일깨워주기 위해, 그들이 오줌을 누어서 강을 만들면 이 고역에서 해방될 것이라고 말했다.

그러자 제우스의 말을 진담으로 받아들인 당나귀들은 그때부터 오늘날까지 다른 당나귀가 오줌 누는 것을 보면 빙 둘러서서 같이 눈다.

천성적으로 주어진 것을 고칠 수 있는 사람은 없음을 보여주는 이야기다.

시장에서 산 당나귀

어떤 사람이 시장에 나와 있는 당나귀 한 마리를 사려고 했다. 그는 먼저 당나귀를 시험해보려고 자신이 데려온 당나귀들 근처로 끌고 가서 구유에 세워놓았다. 녀석은 다른 당나귀들 앞은 본체만체하며 지나가더니 그중에서 가장 게으르면서 먹기는 가장 많이 먹는 당나귀 옆에 가 섰다. 그리고 거기 서서 꼼짝도 하지 않자, 그는 다시 고삐를 매고 그 당나귀를 주인에게 데려가서 넘겨주었다.

주인이 그 사람에게 당나귀를 제대로 시험해보았느냐고 묻자, 그는 대답했다. "더 이상 시험해볼 것도 없소. 그 당나귀는 자기가 선택한 짝과 같은 부류라는 걸 잘 알지요."

사람들은 우리가 사귀고 좋아하는 친구들을 보면서
우리를 그 친구들과 똑같은 부류로 여긴다는 이야기다.

들나귀와 집나귀

볕이 잘 드는 곳에서 쉬는 집나귀를 본 들나귀가 그에게 다가가서, 몸도 건강하고 먹을 것도 아주 많으니 정말 좋겠다며 축하했다.

그러나 얼마 후에 집나귀가 무거운 짐을 실어 나르고, 몰이꾼이 뒤에서 채찍질하는 것을 보고는 말했다. "더 이상 자네를 행운아라고 하거나 축하하지 않겠네. 자네가 그런 풍요를 누리기 위해 얼마나 큰 대가를 치르고 있는지를 알았기 때문이네."

위험과 큰 고통을 감수해야만 얻을 수 있는 이익은 부럽지 않다.

소금 나르는 당나귀

어떤 당나귀가 소금을 지고 강을 건너다가 미끄러져서 강물에 빠지고 말았다. 그런데 소금이 강물에 다 녹아버려 가뿐히 일어설 수 있었고, 짐도 더 가벼워졌기 때문에 당나귀는 기분이 좋았다.

그로부터 얼마 후에 해면을 넣은 자루를 지고 강가에 도착한 당나귀는 이번에도 강물에 빠지면 더 가뿐히 일어설 수 있겠다고 생각해서 의도적으로 미끄러졌다. 하지만 해면이 물을 잔뜩 머금자 당나귀는 일어설 수 없어서 그 자리에서 익사하고 말았다.

사람도 자기 꾀에 자기가 넘어가서 망하는 경우가 많다.

신상 나르는 당나귀

어떤 사람이 당나귀에 신상(神像)을 싣고 읍내로 들어가고 있었다. 그것을 본 많은 사람이 그 앞에 엎드려 절했다. 당나귀는 사람들이 자기에게 절한다고 생각하고는 우쭐해서 큰 소리로 울어 짖힐 뿐, 더 이성 앞으로 가려고 하지 않았다.

그러자 몰이꾼이 이 당나귀가 왜 이러는지를 눈치 채고는 채찍으로 때리며 말했다. "이 멍청한 녀석아, 사람들이 너한테 절하는 게 아니라 신상에 절하는 것을 알아야지."

남의 후광 덕분에 대우받는 것을 알지 못하고
자기가 잘난 줄 알고 으스댔다가는 그 사정을 아는 사람들로부터
비웃음을 사게 된다는 이야기다.

사자 가죽을 뒤집어쓴 당나귀와 여우

당나귀가 사자 가죽을 뒤집어쓴 채 여기저기 돌아다니며 동물들에게 겁을 주었다. 그러다가 여우를 보자, 여우에게도 겁을 주어 기겁하게 만들려고 했다. 전에 우연히 당나귀가 우는 소리를 들은 적이 있던 여우는 당나귀에게 말했다. "그래, 나도 네가 우는 소리를 몰랐다면 분명히 너를 보고 겁을 집어먹었을 거야."

어떤 자들은 아무 말도 안 하고 폼을 잡고 있으면 꽤 잘나게 보이지만,
자기를 자랑하려고 말을 하는 순간 본색이 드러난다.

말을 부러워한 당나귀

당나귀가 자기에게는 짚이 별로 많지 않아서 마음껏 먹을 수 없는 데다가 쉴 새 없이 중노동을 해야 하는데, 말은 남부럽지 않게 잘 먹을 뿐만 아니라 정성껏 보살핌도 받으니 행복하겠다고 말을 부러워했다.

그런데 얼마 후에 전쟁이 시작되자, 무장한 전사가 말 위에 올라타고서는 종횡무진으로 몰고 다녔다. 급기야는 적군의 한가운데로 돌진하는 바람에, 말은 공격을 당해 쓰러져 죽고 말았다. 이것을 보고 생각이 바뀐 당나귀는 그때부터 말을 불쌍히 여겼다.

지도자들과 부자들은 선망의 대상이지만 늘 위험을 감수하며 산다는 것을 생각해서, 그들을 부러워하기보다는 가난을 사랑하는 것이 마땅함을 보여주는 우화다.

당나귀와 수탉과 사자

어느 날 당나귀와 수탉이 함께 먹이를 먹고 있었다. 사자가 당나귀를 공격하려고 다가갔다가, 수탉이 울자 도망갔다(사자는 수탉의 울음소리를 무서워한다는 말이 있다). 당나귀는 사자가 자기 때문에 도망가는 것이라고 생각하고는 즉시 그 뒤를 달려 사자를 추격했다. 당나귀가 먼 거리를 뒤쫓아 와서 수탉이 우는 소리가 더 이상 들리지 않자, 사자는 뒤돌아서서 당나귀를 잡아먹어 버렸다.

당나귀는 죽어가면서 소리쳤다. "나는 정말 어리석고 한심하기 짝이 없는 자로구나. 나를 낳아준 부모는 싸움을 싫어했는데, 나는 대체 무엇을 믿고 무모한 싸움에 뛰어들었단 말인가?"

일부러 자신을 낮추고 있는 적을 공격하다가
그 적에게 죽는 경우가 많다는 것을 보여준다.

당나귀와 여우와 사자

당나귀와 여우가 함께 힘을 합쳐 먹이를 구하기로 하고 사냥을 나갔다. 그들이 사자를 맞닥뜨리자, 위험이 닥친 것을 안 여우는 사자에게 다가가서 자신의 안전을 약속하면 당나귀를 넘기겠다고 제안했다.

사자가 여우를 놓아주겠다고 약속하자, 여우는 계략을 써서 당나귀를 함정으로 유인해서 빠뜨렸다. 당나귀가 도망칠 수 없게 된 것을 본 사자는 먼저 여우를 잡아먹은 후에 당나귀 쪽으로 걸어갔다.

동료를 해치려고 계략을 꾸미는 자들은 예기치 않게 함께 망한다.

당나귀와 개구리들

당나귀가 나뭇짐을 싣고 늪지를 건너고 있었다. 미끄러져 넘어진 후 일어날 수 없게 되자, 자기 처지를 한탄하며 울었다. 그러자 그 못에 사는 개구리들이 당나귀가 한탄하며 우는 소리를 듣고 말했다. "이봐, 네가 잠시 넘어졌을 뿐인데도 이렇게 울고불고 난리를 치는데, 우리처럼 평생을 여기서 살아가야 한다면 도대체 무슨 짓을 할지 모르겠군."

다른 사람은 심한 고초도 넉넉히 견디는데,
조금만 힘들어도 견딜 수 없어 하는 나약한 사람들에게 들려주는 이야기다.

똑같이 짐을 진 당나귀와 노새

당나귀와 노새가 함께 길을 가고 있었다. 둘이 진 짐이 똑같은 것을 본 당나귀가 격분해서, 노새는 자기보다 두 배로 먹으면서도 짐은 자기와 똑같이 진나고 말하면서 힘들어 죽겠다고 불평했다.

당나귀와 노새가 조금 더 길을 갔을 때, 몰이꾼이 버틸 수 없어 하는 당나귀를 보고는 당나귀의 짐 중에서 일부를 빼서 노새에게 얹어주었다. 그런 후에 꽤 먼 거리를 갔을 때, 몰이꾼은 거의 탈진상태에 이른 당나귀를 보고 다시 그의 짐 중 일부를 빼서 노새에게 얹었다. 그러다가 결국에는 당나귀가 지고 있던 모든 짐을 노새에게 옮겼다.

그러자 노새가 당나귀를 쳐다보고 말했다. "이보게, 이런데도 내가 자네보다 두 배로 먹는 것이 부당하다고 생각하는가?"

각자에 대한 처우가 정당한지 부당한지를 평가할 때는
처음 모습이 아니라 최종 결과를 보고 판단해야 한다.

당나귀와 원예사

원예사를 주인으로 모시던 당나귀가 변변히 먹지도 못하고 쉴 새 없이 힘든 일을 하자, 차라리 다른 주인에게 팔려 원예사에게서 벗어나게 해 달라고 제우스에게 기도했다.

제우스가 그 기도를 들어주어 당나귀는 도공에게 팔려갔다. 하지만 흙 과 토기들을 실어 나르느라 당나귀는 이전보다 더 심하게 고생하게 되었 다. 당나귀는 또 화가 나서, 주인을 바꿔달라고 제우스에게 다시 한번 사 정했다. 그리고 이번에는 무두장이*에게 팔려갔다.

이전의 주인들보다 더 나쁜 주인의 수중에 떨어진 당나귀는 그 주인이 하는 일을 보고는 한숨을 쉬며 말했다. "내 신세가 참으로 처량하게 되었 구나. 이전 주인 옆에 그대로 있었더라면 좋았을 텐데. 내가 보니 이 주 인은 결국에는 나를 죽여 가죽까지 벗기고 말 테니까."

새 주인을 겪고 나서 이전 주인들을 그리워하는
하인들이 많다는 것을 보여주는 우화다.

---

* "무두장이"는 짐승에게서 벗긴 생가죽을 손질해 다른 것을 만드는 재료로 사용할 수 있 도록 부드럽게 다듬는 일을 한다.

당나귀와 까마귀와 늑대

등에 상처를 입은 당나귀가 초지에서 풀을 뜯고 있었다. 까마귀가 당나귀의 등에 내려앉아 상처를 쪼자, 당나귀가 아파서 큰 소리로 울며 제자리에서 껑충껑충 뛰었다. 당나귀 몰이꾼이 조금 멀리 떨어져 있다가 그것을 보고 웃었다. 그러자 지나가던 늑대가 그 모습을 보고 혼자 중얼거렸다. "우리 신세가 참으로 처량하구나. 눈에 띄기만 하면 쫓기기 바쁘고, 다가서려고 하면 비웃음을 당하니 말이야."

악행을 일삼는 자들은 굳이 하는 짓을 보지 않고
그 표정만 보아도 금방 알 수 있다는 이야기다.

당나귀와 개

몰타 개*와 당나귀를 기르는 사람이 있었는데, 그 사람은 항상 개와 놀았다. 그리고 밖에서 식사를 하고 들어온 날에는 맛있는 음식을 챙겨 들고 와서, 꼬리를 흔들며 달려오는 개에게 던져주곤 했다.

어느 날 시기심이 발동한 당나귀가 집으로 돌아온 주인에게 달려가서 반갑다고 껑충껑충 뛰다가 얼떨결에 주인을 발로 차버렸다. 그러자 무척 화가 난 주인은 당나귀를 채찍으로 때린 후에 구유로 끌고 가서 거기에 묶어두었다.

모두가 천성적으로 모든 일을 할 수 있는 건 아님을 보여주는 이야기다.

---

* 지중해 몰타(Malta) 섬에서 자란 개를 말한다. —편집자

함께 길을 가던 당나귀와 개[*]

당나귀와 개가 함께 길을 가다가, 길 위에 떨어진 봉인된 문서를 발견했다. 당나귀가 그 문서를 집어 들어 봉인을 뜯고 개봉해서, 개가 들을 수 있게 읽어 내려갔다. 그 문서는 가축이 먹는 사료, 그러니까 건초와 보리와 짚에 관한 것이었다.

당나귀가 읽어준 내용을 듣고 짜증이 난 개가 말했다. "이보게, 아래쪽에는 고기와 뼈다귀에 관한 내용이 적혀 있을지도 모르니 조금 건너뛰고 읽어보게." 문서를 끝까지 읽었지만 자기가 바랐던 내용이 전혀 나오지 않자, 개가 다시 말했다. "이보게, 그 문서는 아무 짝에도 쓸데없으니 땅에 던져버리게."

[*]   이 우화에는 "교훈"이 없다.

당나귀와 몰이꾼

몰이꾼이 모는 대로 가던 당나귀가 얼마 후에 평탄한 길을 벗어나 가파른 경사로로 가기 시작하더니 결국에는 낭떠러지 아래로 떨어지려고 했다. 몰이꾼이 당나귀의 꼬리를 붙들어 다시 끌어올리려고 하자, 당나귀는 온 힘을 다해 저항했다. 그러자 몰이꾼이 손을 놓으며 말했다. "그래, 네가 이겼다. 하지만 너의 승리는 좋은 게 아니구나."

이것은 승부욕이 강한 사람들에게 들려주는 이야기다.

당나귀와 매미

매미들의 노랫소리를 듣고 그 아름다운 화음에 매혹된 당나귀가 있었다. 당나귀는 그들의 목소리가 부러워서, 뭘 먹어야 그런 소리를 낼 수 있느냐고 물었다. 매미들은 이슬을 먹는다고 말했다. 그날부터 당나귀는 이슬이 내리기만 기다리다가 굶어 죽고 말았다.

천성적으로 자신에게 주어지지 않은 것을 바라는 자들은
그것을 얻을 수 없을 뿐 아니라 더 큰 화를 당한다.

사자 행세를 한 당나귀

당나귀 한 마리가 사자 가죽을 둘러쓰고서 사자 행세를 했더니, 사람이 든 동물이든 누구나 그를 보고 도망쳤다. 하지만 바람이 불어와 사자 가 죽이 벗겨져 날아가버리자 당나귀의 정체가 드러났다. 그러자 모두가 달 려들어 막대기와 몽둥이로 당나귀를 때렸다.

공연히 부자 행세를 하다 정체가 드러나 웃음거리가 되고
위험을 자초하지 말고 원래 모습대로 살아가라는 것이다.
남의 것을 자기 것으로 만드는 일은 불가능하다.

가시나무를 먹는 당나귀와 여우

날카로운 가시가 달린 가시나무의 잎사귀들을 당나귀가 먹고 있었다. 이것을 본 여우가 조롱하며 말했다. "어떻게 너는 그렇게 부드럽고 무른 혀로 지렇게 딱딱한 깃을 맛있게 먹을 수 있는 거냐?"

혀로 험하고 위험한 말들을 내뱉는 사람들에게 들려주는 우화다.

다리를 저는 체한 당나귀와 늑대

초지에서 풀을 뜯던 당나귀가 달려오는 늑대를 보고는 다리를 저는 체했다. 가까이 온 늑대가 당나귀에게 왜 다리를 저느냐고 묻자, 당나귀는 울타리를 넘다가 뾰족한 것을 밟았다고 대답했다. 그리고 자기를 잡아먹기 전에 먼저 그 뾰족한 것을 뽑지 않으면 입을 찔리게 될 것이라고 말해주었다.

그 말을 들은 늑대가 당나귀의 발을 들어 발굽을 유심히 살펴보는데, 당나귀는 그때 늑대의 턱을 세게 가격해서 이빨을 다 부숴버렸다. 그러자 화를 당한 늑대가 말했다. "아버지에게 백정 일을 배운 내가 의사 일을 하려고 했으니, 이런 일을 당해도 싸지."

자기에게 맞지 않는 일에 손을 대는 사람은 이처럼 화를 당한다.

새 사냥꾼과 들비둘기들과 집비둘기들

새 사냥꾼이 그물을 치고 거기에 집비둘기 몇 마리를 묶어놓았다. 그런 후에 멀찌감치 떨어져 새가 걸려들기를 기다렸다. 몇몇 들비둘기들이 집비둘기들에게 왔다가 그물코에 걸려들자, 새 사냥꾼이 달려와서 들비둘기들을 잡으려고 했다.

동족인데도 함정을 미리 알려주지 않았다며 들비둘기들이 집비둘기들을 원망하자, 집비둘기들이 말했다. "동족을 배려하기보다 주인님 비위를 맞추는 편이 우리에게 더 이롭기 때문이지."

하인들이 자기 주인을 공경하는 마음에서 같은 처지에 있는 하인들을
박정하게 대하는 것은 책망받을 일이 아니다.

새 사냥꾼과 볏이 달린 종달새

새 사냥꾼이 새를 잡으려고 올무를 놓고 있었다. 볏이 달린 종달새가 멀리서 그것을 보고는 뭘 하느냐고 물었다. 새 사냥꾼은 나라를 건설하는 중이라고 말한 후에, 멀찌감치 물러나서 숨었다. 볏이 달린 종달새는 그의 말을 믿고 가까이 왔다가 올무에 걸려들었다.

새 사냥꾼이 달려오자, 볏이 달린 종달새가 말했다. "이보시오, 당신이 세우는 나라가 이런 나라라면, 거기 살 사람은 얼마 되지 않을 것이오."

이 우화는 가정이든 나라든 우두머리가 가혹하면
사람들이 떠난다는 것을 보여준다.

새 사냥꾼과 황새

새 사냥꾼이 두루미를 잡으려고 그물을 놓고 멀찌감치 물러나 지켜보고 있었다. 두루미들과 함께 황새도 내려앉자, 새 사냥꾼은 달려가서 두루미와 황새를 둘 다 잡았다. 황새가 자기는 뱀을 비롯한 파충류들을 삼아먹기 때문에* 사람들에게 해롭지 않고 오히려 유익하니 놓아달라고 사정했다. 그러자 새 사냥꾼이 말했다. "네가 악하지 않다는 말이 사실이더라도 악한 자들 가운데 있었으니 벌을 받아 마땅해."

악행의 공범으로 몰리지 않으려면 처음부터 그들과 어울리지 말아야 한다.

---

* 이 우화는 황새가 뱀을 비롯한 파충류를 잡아먹는 유익한 새라는 것을 고대 그리스인이 알고 있었음을 보여준다. 실제로 고대 그리스 마케도니아 지방의 중심 도시였던 테살로니키에서는 황새가 뱀을 잡아먹는 유익한 새니 황새를 죽여서는 안 된다는 법이 시행되었다.

새 사냥꾼과 자고새

늦은 시간에 새 사냥꾼을 만나러 손님이 찾아왔다. 손님에게 대접할 것이 아무것도 없자, 새 사냥꾼은 평소에 새들을 유인하려고 길들여놓았던 자고새를 잡아먹기로 했다.

자고새는 자신이 동족을 유인해 새 사냥꾼에게 넘겨 많은 도움을 주었는데, 이제 와서 그런 자기를 잡아먹으려고 한다며 그를 배은망덕하다고 원망했다. 새 사냥꾼이 말했다. "네가 전혀 주저하지 않고 동족을 넘겨주었기 때문에, 나는 더더욱 주저하지 않고 너를 잡아먹을 수 있지."

이 이야기는 동족을 배신한 자들은 배신을 당한 자들만이 아니라
그러한 배신으로 이득을 본 자에게도 미움을 받는다는 것을 보여준다.

암탉과 제비

뱀 알들을 발견한 암탉이 정성을 다해 따뜻하게 품은 덕분에 알들이 부화했다. 그것을 본 제비가 암탉에게 말했다. "이 멍청한 작자야, 그것들이 자라면 가장 먼저 너를 해칠 것인데, 도대체 그런 것을 키우는 이유가 무엇이냐?"

천성적으로 악한 자들은 아무리 잘해주어도 바뀌지 않는다.

황금 알을 낳는 암탉

어떤 사람에게 황금 알을 낳는 아름다운 암탉이 있었다. 그는 암탉의 몸 안에 황금덩어리가 있다고 생각하고 암탉을 죽였다. 그러나 죽이고 보니 다른 암탉과 하나도 다른 것이 없었다. 이렇게 그는 일거에 부자가 되려 하다가 작은 이득조차 빼앗기고 말았다.

지금 자기에게 있는 것으로 만족하고, 과욕은 금물이다.

뱀의 꼬리와 지체

어느 날 뱀의 꼬리가 자신이 맨 앞에 서서 몸 전체를 이끌 자격이 있다고 주장하자, 다른 지체들이 말했다. "네게는 눈이나 코도 없는데 어떻게 몸 전체를 이끌겠다는 것이냐?" 하지만 꼬리를 설득하기란 불가능했기 때문에, 결국 상식이 패배하고 말았다.

앞을 보지도 못하는 꼬리가 맨 앞에 서서 온몸을 이끌다가 결국 돌이 가득한 구덩이 속으로 떨어졌다. 뱀은 등과 온몸에 상처를 입었다. 그러자 꼬리가 애교를 부리면서 머리에게 사정했다. "주인님, 당신과 다툰 것은 내가 잘못한 것이니 제발 우리를 구해주세요."

주인에게 반기를 드는 악하고 교활한 자들을 나무라는 우화다.

뱀과 족제비와 쥐들

어느 집에서 뱀과 족제비가 싸우고 있었다. 그 집에서 이 둘에게 항상 잡아먹혀 왔던 쥐들은 둘이 서로 싸우는 것을 보고는 걸어 나왔다. 쥐들을 본 뱀과 족제비는 서로 싸움을 그치고서 쥐들에게 달려들었다.

어느 나라든 정치 선동가들의 파벌 싸움에 끼어드는 자는
자신도 모르는 사이에 그들의 제물이 되고 만다.

뱀과 게

뱀과 게가 함께 살았다. 게는 뱀을 정직하고 친절하게 대했지만, 뱀은 항상 비뚤어지고 교활했다. 게는 뱀에게 자기를 지켜보고 자기에게 정직하게 대하라고 끊임없이 충고했지만, 뱀은 말을 듣지 않았다. 격분한 게는 뱀이 잠든 때를 노려서 목을 졸라 죽였다.

뱀이 죽어서 일자로 뻗은 것을 본 게가 말했다. "이봐, 죽고 난 지금 곧아 보아야 아무 소용 없어. 내가 충고했을 때 그렇게 했어야지. 그랬다면 죽지 않았을 거 아냐."

살아 있는 동안에는 친구들에게 나쁜 짓만 하다가
죽고 나서야 좋은 일을 하는 자들에게 들려주는 이야기다.

사람의 발에 밟히는 뱀과 제우스

뱀이 사람들의 발에 자주 밟히자, 제우스에게 가서 하소연했다. 그러자 제우스가 뱀에게 말했다. "만일 너를 밟은 맨 처음 사람을 공격했더라면, 두 번째 사람은 너를 밟지 않았을 것이다."

이 이야기는 첫 번째로 공격해오는 사람에게 대항하면
나머지 사람도 함부로 하지 못한다는 것을 보여준다.

제물의 내장을 먹은 아이

시골에 사는 목자들이 염소를 신에게 제물로 바치고 나서 잔치를 베풀어 이웃을 초대했다. 이웃들 중에는 자기 아이를 데려온 가난한 여자도 있었다. 잔치가 어느 정도 진행되면서, 고기를 너무 많이 먹은 아이가 배가 빵빵해지며 아파오자 말했다. "엄마, 내장을 토할 것 같아요." 그러자 어머니가 아이에게 말했다. "얘야, 그건 너의 내장이 아니라 네가 먹은 내장이란다."

남의 돈을 가져다 쓸 때는 좋아하면서도, 정작 그 돈을 돌려줄 때는 마치 자기 돈을 주는 것처럼 속상해하는 사람에게 들려주는 우화다.

메뚜기 잡는 아이와 전갈

어떤 아이가 성벽 앞에서 메뚜기를 잡고 있었다. 아이는 여러 마리의 메뚜기를 잡은 후에 전갈을 보고는 메뚜기로 착각해서, 손바닥을 오목하게 오므려 잡으려고 했다. 그러자 전갈이 침을 세우면서 말했다. "네가 잡은 메뚜기마저 다 잃고 싶거든, 어디 한번 날 잡아봐라."

이 이야기는 선한 사람과 악한 사람을 똑같이 대해서는
안 된다는 것을 가르쳐준다.

아이와 까마귀[*]

어떤 여자가 자신의 어린 아들을 데려다가 점을 쳤다. 점쟁이들은 아이가 까마귀에게 죽게 될 것이라고 예언했다. 이 예언에 겁을 집어먹은 여자는 아이가 까마귀에게 죽는 일을 막으려고 큰 궤짝을 만들어 그 안에 아이를 넣어두었다. 그런 후에 날마다 일정한 시간에 궤짝 뚜껑을 열고, 필요한 음식을 아이에게 주었다.

그러던 어느 날 여자가 궤짝을 열었다가 다시 뚜껑을 닫으려고 하는데, 아이가 무심코 머리를 내밀었다. 그러자 궤짝에 달려 있던 날카로운 자물쇠[**]가 아이의 정수리에 떨어져 아이는 죽고 말았다.

---

[*] 이 우화에는 "교훈"이 없다.

[**] 그리스어로 "까마귀"를 가리키는 '코락스'(κόραξ)는 "까마귀 부리같이 생긴 날카로운 것"이라는 의미도 지닌다. 그러므로 이 우화에서 까마귀(코락스)는 사실 "날카로운 자물쇠"였던 것이다.

아들과 그림 속 사자

어떤 겁 많은 노인에게 사냥을 좋아하는 건장한 외아들이 있었다. 노인은 잠을 자다가 꿈속에서 아들이 사자에게 죽는 것을 보고는, 그 꿈이 현실이 될 것을 우려해서 높고 화려한 집을 짓고 아들을 그 안에서 살게 하고 감시했다.

노인은 아들을 기쁘게 해주려고 그 집에 온갖 동물을 그려놓았는데, 그중에는 사자도 포함되어 있었다. 하지만 그런 그림을 볼 때마다 아들의 마음은 더 괴롭기만 했다.

어느 날 아들이 그림 속의 사자에게 가까이 가서 말했다. "이 괘씸한 짐승아, 내가 이 감옥 같은 집에 갇혀 살게 된 것은 순전히 너와 내 아버지의 말도 안 되는 꿈 때문이야. 그러니 네게 어떻게 해줄까?" 아들은 이렇게 말하고 나서 그림 속 사자의 눈을 완전히 멀게 하려고 주먹으로 벽을 쳤다. 그런데 순간, 그의 손에 날카로운 것이 박혀 파고들어갔다. 이 날카로운 것이 염증을 일으켜, 아들은 임파선까지 부어오르고 극심한 열에 시달렸다.

이렇게 갑자기 급격하게 고열이 오르는 바람에 아들은 삽시간에 목숨을 잃고 말았다. 비록 그림 속 사자이긴 했지만, 사자는 아들을 죽였고, 아버지가 생각해낸 묘책도 아무 도움이 되지 못했다.

> 운명은 피할 수 있는 것이 아니기 때문에, 우리에게 다가오는 운명을
> 잔꾀로 피하려 하기보다는 용감하게 맞설 필요가 있다.

도둑 아들과 어머니

한 아이가 급우의 서판을 훔쳐 어머니에게 가져다주었다. 어머니는 아이를 야단치지 않고 도리어 칭찬했다. 다음번에는 아이가 외투를 훔쳐 어머니에게 가져다주었다. 어머니는 아이를 한층 더 칭찬했다. 아이가 세월이 지나서 청년이 되자, 그는 더 비싼 물건들을 훔쳤다.

그러던 어느 날 그는 현장에서 붙잡혀 손이 뒤로 포박된 채 사형집행인에게로 끌려갔다. 어머니는 가슴을 치며 아들을 따라갔고, 그는 어머니에게 귀엣말을 하고 싶다고 했다. 어머니가 다가가 귀를 내밀자, 그는 이로 어머니의 귓불을 물어뜯어버렸다.

지금까지 저지른 죄들로도 부족해서 이제는 어미를 물어뜯기까지 한다며, 어머니가 아들의 패륜을 꾸짖었다. 그러자 그가 말했다. "내가 서판을 훔쳐서 가져다 드렸을 때 어머니가 나를 꾸짖고 회초리로 때렸다면, 내가 지금 이 지경이 되어 사형장으로 끌려가지는 않았을 것입니다."

나쁜 짓을 했을 때 처음부터 따끔하게 혼내지 않으면
규모가 점점 더 커지고 대담해진다는 것을 보여주는 이야기다.

미역 감던 아이

어느 날 강에서 미역을 감던 아이가 물에 빠져 죽을 위험에 처했다. 아이는 때마침 지나가는 행인을 보고 도와달라고 소리쳤다. 행인이 아이의 무모함을 꾸짖자, 아이가 말했다. "지금은 나를 구해주세요. 그런 후에 꾸짖으세요."

어떤 꼬투리라도 잡아서

다른 사람을 도와주려 하지 않는 자들에게 하는 이야기다.

공탁금을 맡은 사람과 맹세의 신

친구의 공탁금을 맡은 사람이 그 돈을 가로채기로 결심했다. 친구가 법정에 나와서 맹세하라고 소환하자, 불안해진 그는 시골로 길을 떠났다. 그러다 성문에서 자기와 똑같이 성을 떠나려는 한 절름발이를 보고는, 당신은 누구이며 어디로 가느냐고 물었다.

절름발이가 자기는 맹세의 신인데 맹세를 어겨 불경죄를 범한 자들을 잡으러 가는 것이라고 하자, 어느 정도의 시간이 지나야 성으로 돌아오느냐고 이 사람은 다시 물었다. 절름발이는 40년이 지나서 돌아오기도 하고, 어떤 때는 30년이 지나서 돌아오기도 한다고 대답했다.

그래서 이 사람은 지체 없이 다음날 법정으로 가서 자기는 공탁금을 맡지 않았다고 맹세했다. 하지만 곧바로 맹세의 신과 맞닥뜨려 낭떠러지 위로 끌려가야 했다. 그는 맹세의 신이 30년이 지나서야 돌아온다고 말해놓고는 아무 걱정 없이 보낼 시간을 단 하루도 주지 않았다고 비난했다. 그러자 맹세의 신이 말했다. "제대로 알았어야지. 누군가가 나를 화나게 하면 나는 그날 바로 다시 돌아온단 말이야."

이 이야기는 신이 불경죄를 저지른 자를 벌하는 데는
정해진 날짜가 없음을 보여준다.

아버지와 딸들

어떤 아버지에게 두 딸이 있었는데 한 명은 원예사에게 다른 한 명은 도공에게 시집을 보냈다. 얼마 후에 원예사의 아내가 된 딸을 찾아가서 어떻게 지내는지, 그리고 하는 일은 잘되는지를 물었다. 딸은 다른 일은 원하는 대로 잘되고 있는데, 신들에게 도움을 구할 일이 하나 있다고 말했다. 채소가 마르지 않도록 날씨가 흐리고 비가 오는 것이었다.

얼마 후에 아버지는 도공의 아내가 된 딸을 찾아가서 어떻게 지내는지 물었다. 딸은 다른 것은 부족한 게 없고 오직 한 가지 소원이 있는데, 바로 토기가 잘 마르게 날씨가 좋아 해가 쨍쨍하게 비치는 날이 계속되는 것이라고 했다.

그러자 아버지가 말했다. "이 딸은 좋은 날씨를 바라고, 저 딸은 흐린 날씨를 바라니, 나는 둘 중에서 어느 쪽에 기도해야 한단 말인가."

두 가지 상반된 일을 동시에 하면 둘 다 망칠 수밖에 없다.

자고새와 사람

어떤 사람이 사냥을 나가 자고새를 잡은 후 죽이려던 참이었다. 그 자고새는 "저를 살려주시면 저 대신 많은 자고새를 당신에게 넘길게요."*라고 말하며 애걸했다. 그러자 그 사람이 말했다. "그것 때문에라도 나는 더더욱 너를 죽여야겠어. 네 동료와 친구들을 함정으로 몰아넣으려고 하기 때문이지."

친구들을 함정에 빠뜨리려는 자는
도리어 그 함정에 자기가 빠져 화를 입는다.

---

* 고대 그리스에서는 길들인 자고새를 이용해 다른 자고새를 올무로 유인하여 잡았다.

갈증 난 비둘기

갈증이 너무 심해 견딜 수가 없었던 비둘기가 그림 속 물동이에 있는 물을 보고 진짜 물로 착각했다. 그래서 자기도 모르게 날개를 퍼덕거리고 요란한 소리를 내며 그림을 향해 돌진했다가 날개가 부러져 땅에 떨어지고 말았다. 그래서 우연히 거기를 지나가던 사람에게 붙잡혔다.

사람도 욕심에 사로잡혀
무턱대고 어떤 일에 뛰어들었다가는 망하기 십상이다.

비둘기와 갈까마귀

비둘기장에 갇혀 살아가는 비둘기가 자기는 새끼들을 많이 낳았다고 큰 소리치며 우쭐댔다. 이 말을 들은 갈까마귀가 말했다. "이봐, 큰소리는 그만 치는 게 좋을 거야. 네가 새끼를 많이 낳았다면, 그만큼 종살이를 오래 했다는 뜻이니 통탄해야 할 일이니까."

종살이하는 종이 자녀를 많이 낳았다면
그만큼 더 고생했다는 뜻이다.

두 개의 자루

아주 먼 옛날에 프로메테우스가 사람을 만들면서 두 개의 자루를 매달 았는데, 하나는 남의 단점이 든 것이었고, 다른 하나는 자신의 단점이 든 것이었다. 그런데 프로메테우스는 남의 단점이 든 자루는 앞에 매달았 고, 자신의 단점이 든 자루는 뒤에 매달았다. 그래서 사람들은 남의 단점 은 금방 잘 볼 수 있지만, 자신의 단점은 보지 못한다.

자신과 관련된 일은 어떻게 되어 가는지 전혀 알지 못하면서,
자기와 아무 상관도 없는 남의 일에는 아무데나 끼어들어
참견하는 사람들에게 해주는 이야기다.

원숭이와 어부들

한 원숭이가 높은 나무 위에 자리를 잡고 앉아 어부들이 강에 그물을 던지는 것을 보면서, 어떻게 하는지 유심히 지켜보고 있었다. 이윽고 어부들이 그물을 내려놓고 조금 떨어진 곳으로 식사를 하러 가자, 원숭이는 나무에서 내려와 어부들을 흉내 내려고 했다. 이 동물은 흉내 내는 습성이 있다고 하지 않던가.

하지만 그물에 손을 댔다가 그물에 걸려 휘말려들어 물에 빠져 죽을 뻔한 원숭이는 중얼거렸다. "물고기 잡는 법을 배운 적도 없으면서 무작정 물고기를 잡으려고 들었으니, 이런 일을 당해도 싸지."

자기가 잘 모르거나 맞지 않는 일에 손대면
단지 이득을 얻지 못하는 데서 그치지 않고 큰 피해를 보게 된다는 이야기다.

원숭이와 돌고래

선원들은 항해의 무료함을 달래고 기분전환을 하고자 몰타에서 나는 강아지와 원숭이를 데리고 배에 타곤 했다. 어떤 사람이 원숭이를 데리고 배에 타서 함께 항해를 하고 있었다. 그들이 아티카의 수니온 곳*에 당도했을 때, 갑자기 거센 폭풍이 불어닥쳐 배가 전복되고 말았다. 모든 사람이 바다로 뛰어들어 헤엄치기 시작했고 원숭이도 마찬가지였다.

이때 돌고래가 원숭이를 보고 사람인 줄로 착각하고 자기 등에 태워 육지를 향해 내달렸다. 아테네 외항인 피레우스에 이르자, 돌고래가 원숭이에게 아테네 사람이냐고 물었다. 원숭이가 그렇다고 대답하고 자신의 부모가 아테네에서 유명인사라고 말하자, 돌고래는 피레우스도 아느냐고 물었다.

원숭이는 돌고래가 사람에 관해 하는 말로 넘겨짚고는, 피레우스는 자기와 늘 함께 다니는 죽마고우라고 대답했다. 그러자 그런 거짓말에 격분한 돌고래는 잠수해버렸고, 원숭이는 물에 빠져 죽었다.

진실을 알지도 못하면서 거짓말을 일삼는 자들에게 해주는 우화다.

* "수니온 곳"은 그리스 본토의 남쪽 지방인 아티카의 끝자락에 있는 곳으로, 아테네에서 남동쪽으로 50킬로미터 지점에 있다. "피레우스"는 아테네 시내에서 남서쪽으로 12킬로미터 떨어진 도시로 아테네의 외항 역할을 했다.

원숭이와 낙타

동물들이 모인 자리에서 원숭이가 일어나서 춤을 추자, 거기에 모인 모든 동물이 그를 열렬히 환호했다. 시기심이 발동한 낙타가 자기도 그런 환호를 받고 싶었다. 그래서 일어나서 춤을 추었다. 하지만 낙타가 보기 흉한 몸짓을 자꾸 하자, 동물들은 격분해서 낙타를 몽둥이로 때려 내쫓아버렸다.

시기심에 사로잡혀 자기보다 더 센 자와 경쟁하려는 자들에게
들려주는 이야기다.

원숭이의 새끼들

원숭이는 두 마리의 새끼를 낳는데, 한 마리는 극진히 보살피고 잘 먹이지만 다른 한 마리는 미워해서 제대로 살피지 않는다는 말이 있다. 그런데 신이 정해준 운명 때문인지, 어미가 사랑해서 극진히 보살피는 새끼는 자기를 꼭 껴안아주는 어미의 품속에서 질식해 죽는 반면에, 어미가 미워해서 방치하는 새끼는 잘 자라서 제 수명대로 산다고 한다.

사람이 아무리 노력해도 운명은 어쩌지 못한다는 것을 보여주는 이야기다.

배를 탄 사람들

사람들이 배를 타고 항해하고 있었다. 그들이 망망대해로 나갔을 때, 갑자기 거센 폭풍이 불어 닥쳐 배가 전복되기 직전에 이르렀다. 배에 탄 사람들은 각기 옷을 찢으면서 통곡하고 아우성을 치며 자기가 섬기는 신에게 기도하면서, 살려만 주신다면 감사의 제물을 바치겠노라고 서원했다.

폭풍이 그치고 바다가 고요해지자, 사람들은 이제는 예기치 못했던 위험으로부터 완전히 벗어났다는 듯이 맛있는 음식을 잔뜩 차려놓고는 먹고 춤추며 기뻐 뛰기 시작했다. 그러자 꼬장꼬장한 성격의 키잡이가 사람들을 향해 말했다. "친구들이여, 이렇게 즐기는 것은 좋은데, 운 나쁘면 다시 폭풍을 만날 수도 있다고 생각하면서 즐기시오."

운이라는 것은 아주 변덕스럽다는 점을 명심해야 하며,
행운을 잡았다고 해서 자만하면 안 된다는 것을 가르쳐주는 이야기다.

부자와 무두장이

어떤 부자가 무두장이 옆집에서 살게 되었다. 그는 악취를 참을 수가 없어 무두장이에게 이사를 가라고 쉴 새 없이 졸랐다. 그때마다 무두장이는 조금 있으면 가겠다고 말하고는 차일피일 미루었다. 이렇게 옥신각신하는 일이 끊임없이 이어지다가 세월이 흘렀고, 어느덧 부자는 그 냄새에 익숙해져 더 이상 무두장이를 들볶지 않게 되었다.

자주 접해서 습관이 되다 보면 처음에는 도저히 견딜 수 없던 것도
견딜 만해짐을 보여주는 이야기다.

부자와 곡꾼들

어떤 부자에게 두 딸이 있었는데, 그중 하나가 죽었다. 부자는 곡꾼(哭—)과 악사들을 고용해 곡을 하게 했다. 다른 딸이 어머니에게 말했다. "저 여인들은 자신과는 아무 상관도 없는 일에 가슴을 치며 저토록 처절하게 곡을 하는데, 정작 상을 당한 우리는 곡을 하지 않고 있으니, 우리가 너무 한심해요."

그러자 어머니가 딸에게 말했다. "얘야, 이 여자들이 이토록 처절하게 슬퍼하며 곡을 한다 해서 이상하게 생각하지 마라. 그들은 돈을 벌려고 그렇게 하는 것이란다."

어떤 사람들은 돈을 벌기 위해서라면
남의 불행을 대신 떠맡는 일도 서슴지 않는다.

목자와 바다

어떤 목자가 바다 가까운 곳에서 양들에게 풀을 뜯게 하다가, 잔잔한 바다를 보고는 배를 타고 나가 장사를 해보고 싶어졌다. 그래서 양들을 팔아 대추야자를 사서 배를 타고 항해를 떠났다. 하지만 거센 폭풍이 불어 배가 침몰할 위기를 만났고, 목자는 모든 짐을 바다에 던져버리고는 가까스로 목숨을 건진 후에 겨우 빈 배로 되돌아왔다.

시간이 지난 후에 어떤 사람이 지나가다가, 마침 잔잔한 바다를 보고 그 고요함에 감탄했다. 목자는 그에게 이렇게 말했다. "이보시오, 바다가 또다시 대추야자가 먹고 싶은가 보오. 그것 때문에 저렇게 입 다물고 잠잠한 거요."

안 좋은 일을 겪으면, 그 사람은 거기서 교훈을 얻는다는 것을 보여준다.

목자와 양들에게 꼬리 치는 개

어떤 목자에게 아주 큰 개가 있었다. 목자는 죽은 채로 태어난 새끼 양들과 죽어가는 양들을 그 개에게 던져주어 먹게 했다. 그러던 어느 날 양들이 쉬고 있는데, 그 개가 양들에게 다가가 꼬리 치는 것을 보았다. 그러자 목자가 말했다. "이 녀석아, 너는 양들이 죽기를 바라지만, 나는 그 죽음이 너한테 찾아왔으면 좋겠구나."

아부하는 자들에게 들려주는 이야기다.

목자와 새끼 늑대들

한 목자가 새끼 늑대들을 발견하고는 정성을 다해 키웠다. 다 자라고 나면 자기 양들을 지켜줄 뿐만 아니라 다른 사람이 키우는 양들도 낚아채서 자기에게 가져다줄 것이라고 생각했기 때문이었다. 하지만 다 자란 새끼 늑대들은 더 이상 겁낼 것이 없자, 기회를 틈타서 목자의 양들부터 잡아먹어버렸다.

그러자 목자가 한탄하며 말했다. "다 자란 것이면 당연히 죽여야 하는 짐승을, 어린 새끼라고 해서 구해주고 키웠으니 내가 이런 일을 당해도 싸지."

악인의 힘이 약할 때 그들을 구해주고 돌봐주면, 더 강해졌을 때
그렇게 자신을 돌봐준 자를 가장 먼저 공격한다.

목자와, 개들과 함께 기른 늑대

어떤 목자가 갓 태어난 새끼 늑대를 발견하고는 집으로 데려와서 개들과 함께 길렀다. 세월이 지나 어느 정도 자란 새끼 늑대는 다른 늑대가 양을 물어가면 개들과 함께 추격했다.

개들이 늑대를 추격했지만 잡지 못하고 돌아오면, 새끼 늑대는 그 늑대를 끝까지 추격해서 따라잡은 후에 자기도 늑대인 것처럼 행세해서 그 노략물 중 일부를 자기 몫으로 챙겨서 먹고 나서야 집으로 돌아왔다.

외부에서 늑대가 침입해서 양을 물어가지 않는 날이면 새끼 늑대는 몰래 양을 물어죽여 개들과 함께 나누어 먹었다. 결국 무슨 일이 벌어지는지 짐작한 목자는 그 새끼 늑대를 나무에 매달아서 죽였다.

이 우화는 천성적으로 악하게 태어난 자에게는
선한 성품이 자라날 수 없음을 보여준다.

목자와 새끼 늑대

어떤 목자가 아주 작은 새끼 늑대를 발견해서 길렀다. 새끼 늑대가 어느 정도 자라자, 목자는 이웃의 양들을 훔쳐오는 방법을 가르쳐주었다. 늑대가 그것을 다 배우고 나서 말했다. "내게 훔치는 습관이 몸에 배게 주인님이 만들어놓으셨으니, 주인님의 양들이 자주 없어져도 찾지 않으시는 편이 좋을 거예요."

천성적으로 교활한 자들에게 도둑질과 탐욕을 가르치면
가르친 자도 많은 피해를 입게 된다.

목자와 양들

한 목자가 양들을 참나무 숲으로 몰고 갔다가 도토리로 뒤덮인 커다란 참나무를 발견했다. 그는 나무 밑에 외투를 펼쳐놓고 나무 위로 올라가서 흔들이댔고, 그러자 도토리 열매들이 우수수 떨어졌다. 그런데 양들이 도토리를 주워 먹다가 엉겁결에 외투까지 먹어버렸다.

나무에서 내려온 목자가 무슨 일이 벌어졌는지 알고는 말했다. "이 못된 짐승들아, 다른 사람에게는 양모를 내주어 입게 하면서, 정작 너희를 길러주는 나에게는 도리어 외투조차 빼앗아가는구나."

자기와 아무 상관없는 사람에게는 잘해주면서도
정작 자기와 가장 가까운 사람에게는 서운하게 대하는 어리석은 자가 많다.

늑대를 양 우리 속에 넣은 목자와 개

한 목자가 양들을 우리 속에 몰아넣은 후에, 늑대 한 마리도 양들과 함께 가둬두려고 우리 속에 넣으려 했다. 이 광경을 본 개가 목자에게 말했다. "주인님은 양 떼를 살리려고 하면서, 어쩌려고 늑대를 양 떼와 함께 두시려는 거예요?"

악인들과 어울리면 피해를 입기 십상이고, 심지어 죽음을 맞이할 수도 있다.

양치기 소년 (원제: 장난삼아 골탕 먹이기 좋아하던 목자)

한 목자가 마을에서 약간 떨어진 곳으로 양 떼를 몰고 가서는, 늑대들이 나타나서 양들을 공격하니 도와달라고 종종 장난삼아 소리치곤 했다. 두세 번 정도는 마을 사람들이 깜짝 놀라 부리나케 달려왔다. 하지만 그때마다 골탕을 먹고 바보가 된 기분으로 집에 돌아갔다.

그러던 어느 날 늑대들이 진짜로 나타났다. 늑대들이 양 떼를 공격해 물어 죽이기 시작하자, 목자는 마을 사람들에게 도와달라고 소리쳤다. 하지만 마을 사람들은 이번에도 목자가 그들을 골려먹으려고 그런다고 생각하고는 대수롭지 않게 여겼다. 목자는 그렇게 양 떼를 모두 잃고 말았다.

이 이야기는 거짓말을 일삼는 자들이 얻는 것은 오직 한 가지,
즉 그들이 아무리 진실을 말해도 사람들이 믿어주지 않는 것임을 보여준다.

전쟁과 오만

모든 신들이 각자 제비를 뽑아 결정된 여자와 결혼을 했다. 전쟁의 신이 마지막으로 제비를 뽑게 되었는데, 그의 순서가 되자 남은 것은 오만[*]뿐이었다. 전쟁의 신은 오만을 열렬히 사랑해서 결혼했고, 그 후로는 오만이 가는 곳이면 어디든지 전쟁이 꼭 붙어 다니게 되었다.

> 나라 안에서든 나라들 사이에서든 오만이 먼저 가면,
>
> 전쟁과 싸움이 즉시 뒤따라간다.

---

* 그리스어에서 "오만"을 가리키는 '휘브리스'(ὕβρις)는 여성명사이고, "전쟁"을 지칭하는 '폴레모스'(πόλεμος)는 남성명사이다. 그래서 이 우화에서는 "전쟁"을 남신으로, "오만"을 여자로 의인화했다.

강과 가죽

강이 자신의 강물 위로 떠내려가는 소가죽을 보고는 "네 이름이 뭐냐?" 라고 물었다. 소가죽이 "내 이름은 '딱딱한 자'요"라고 대답했다. 그러자 강이 물살로 소가죽을 반복해서 때리며 말했다. "이제는 다른 이름을 찾아보는 게 좋을 거야. 내가 이제 곧 너를 부드러운 자가 되게 해줄 거거든."

융통성 없고 오만한 사람들도 살면서 이런저런 역경을 겪다 보면
낮아지고 유연해지는 경우가 많다.

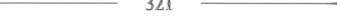

털을 깎이던 양

어떤 사람이 양의 털을 깎고 있었는데 솜씨가 서툴렀다. 그러자 양이 그 사람에게 말했다. "원하는 것이 나의 양털이라면 좀 더 위로 해서 깎아주 시고, 원하는 것이 나의 고기라면 단칼에 나를 죽이고 끝내주세요. 이렇 게 계속 고문하지는 말고요."

이것은 어떤 일을 할 때 솜씨가 서투른 사람들에게 들려주는 이야기다.

프로메테우스와 사람들

프로메테우스가 제우스의 지시에 따라 사람들과 동물들을 만들었다. 제우스는 동물의 수가 지나치게 많은 것을 보고는, 그중 일부를 사람으로 바꾸는 방식으로 수를 줄이라고 지시했다.

프로메테우스는 그 지시를 그대로 실행했다. 그러자 사람들 중에서 처음부터 사람으로 지음받지 않았던 것들은 사람의 모양에 동물의 영혼을 갖게 되었다.

이것은 우둔하고 짐승 같은 사람들을 풍자한 이야기다.

장미와 아마란토스

장미 옆에서 자라던 아마란토스*가 장미에게 말했다. "피어 있는 너의 자태는 너무도 아름다워서, 신들과 사람들의 선망의 대상이니, 너의 아름다움과 향기를 진심으로 축하해." 그러자 장미가 말했다. "아마란토스여, 내가 사는 날은 아주 짧아서, 아무도 나를 꺾지 않아도 금세 시들어 버리고 말아. 하지만 너는 이렇게 언제까지나 영원히 꽃을 피운 채로 싱싱하게 살아 있잖아."

화려하게 잠시 살다가 금세 몰락하여 죽기보다는
소박한 것으로 만족하며 오래 사는 편이 더 낫다.

---

* "아마란토스"(ἀμάραντος)는 "영원히 시들지 않는"이라는 형용사로, 명사일 때는 "영원히 시들지 않는 꽃"을 가리킨다. 소아시아에서 숭배되었던 아르테미스 여신에게 바쳐진 신성한 꽃으로, 고대 그리스인은 불멸을 상징하는 이 꽃으로 무덤을 장식했다. 하지만 이 꽃이 실제로 존재했는지는 논란이 있다.

석류나무와 사과나무와 올리브나무와 가시나무

석류나무와 사과나무와 올리브나무가 자기가 만들어내는 과일이 가장 좋다고 서로 언쟁을 벌이고 있었다. 그들 간의 언쟁이 과열되자, 근처의 산울타리에서 그들의 말싸움을 듣고 있던 가시나무가 말했다. "친구들이여, 우리 이쯤에서 언쟁을 그만두세."

좀 더 훌륭한 사람들이 서로 싸우면,
아무 쓸모없는 자들이 나서서 뭐라도 되는 양 행세한다.

나팔수

한 나팔수가 나팔을 불어 군대를 소집하는 역할을 하다가 적군에게 사로잡히자 소리쳤다. "여러분, 나를 죽이지 말아주시오. 당신들이 나를 죽여야 할 이유가 전혀 없소. 나는 당신들 그 누구도 죽이지 않은 데다가, 내 몸에는 오직 이 청동밖에 없기 때문이오."

그러자 적들이 그에게 말했다. "바로 그렇기 때문에 너는 더더욱 죽어 마땅한 거야. 자기는 전쟁에 나가 싸우지 못하면서 모든 사람이 일어서서 나가 싸우게 만들기 때문이지."

이 우화는 악하고 잔인한 통치자들을 일깨우고 부추겨
나쁜 짓을 하게 만드는 자에게도 똑같은 책임이 있음을 보여준다.

두더지와 그 어미

두더지는 눈먼 동물인데, 한 두더지가 어미에게 자기는 볼 수 있다고 말했다. 어미는 아들을 시험하려고 그에게 유향 한 알을 주고는 무엇이냐고 물었다. 아들이 조약돌이라고 대답하자, 어미가 말했다. "얘야, 너는 보는 감각만이 아니라, 냄새 맡는 감각까지 잃어버렸구나."

허풍을 떠는 자들은 자기가 할 수 없는 일도 해낼 수 있다고
큰소리 치지만, 실제로는 아주 작은 일조차도 하지 못한다.

멧돼지와 여우

멧돼지가 나무 옆에서 이빨을 갈고 있었다. 여우가 멧돼지에게 사냥꾼이 온 것도 아니고 위험이 다가온 것도 아닌데 왜 이빨을 가느냐고 물었다. 그러자 멧돼지가 말했다. "내가 쓸데없이 이러는 게 아니야. 실제로 위험이 닥쳐왔을 때 이빨을 갈려고 하면 이미 늦거든. 미리 준비해놓았을 때만 유용하게 쓸 수 있단 말이야."

이 이야기는 위험은 미리 대비해두어야 함을 알려준다.

멧돼지와 말과 사냥꾼

멧돼지와 말이 같은 곳에서 풀을 뜯으며 살고 있었다. 멧돼지는 풀을 짓밟아서 다 죽이고 물을 흙탕물로 만들어놓기 일쑤였다. 말은 멧돼지에게 보복할 생각으로 사냥꾼에게 자신의 조력자가 되어달라고 부탁했다.

자신이 매어주는 굴레를 받아들이고 말 위에 타는 것을 허락하지 않으면 그의 조력자가 되어줄 수 없다고 사냥꾼이 말하자, 말은 그렇게 하겠다고 동의했다. 그러자 사냥꾼은 말 위에 올라타고 멧돼지를 공격해 죽이고 나서는 말을 몰고 가서 구유에 묶어놓았다.

분별없고 맹목적인 분노에 사로잡혀 원수에게 보복하려다가
다른 사람에게 코를 꿰어 예속되는 사람이 많다.

서로 악담하는 돼지와 개

돼지와 개가 서로를 향해 심한 악담을 하고 있었다. 돼지가 자신의 이빨로 개를 갈기갈기 찢어놓을 것이라고 아프로디테를 걸고 맹세했다. 그러자 개가 돼지를 조롱하며 말했다. "그래, 네가 아프로디테를 걸고 맹세한 것은 아주 잘한 거야. 아프로디테께서는 너를 퍽이나 사랑하시는 것이 분명하기 때문이지. 네 부정한 고기를 먹은 자는 누구든지 절대로 자신의 신전에 발을 들여놓지 못하게 하시니까."

돼지가 말했다. "바로 그것이야말로 여신께서 나를 총애하신다는 더할 나위 없이 좋은 증거야. 나를 죽이거나 어떤 방법으로든 괴롭히는 자는 누구든지 가차 없이 내치신다는 의미니까 말이야. 그런데 너는 살아서든 죽어서든 악취만 풍기고 있구나."

적이 퍼붓는 욕이나 악담을 자신에 대한 찬사로 바꾸어놓는 일에
능숙한 사람들이야말로 진정으로 말을 잘하는 현명한 자들임을
이 우화는 보여준다.

벌들과 자고새들과 농부

갈증이 난 벌들과 자고새들이 농부에게 가서 물을 좀 달라고 하면서, 물을 주면 그 대신 일을 도와주겠다고 약속했다. 자고새는 포도나무 심을 땅을 파겠다고 했고, 벌은 포도원을 두루 순찰하다가 도둑을 발견하면 침으로 겁을 주어 내쫓아버리겠다고 했다.

그러자 농부가 말했다. "내게는 황소 두 마리가 있지. 그들은 내게 아무것도 약속하지 않지만 나를 위해 무엇이든 다 해. 그러니 너희가 아니라 그들에게 물을 주는 편이 더 낫지 않겠니."

이 우화는 일을 도와주겠다고 약속하고는
도리어 큰 피해를 입히기만 하는 백해무익한 자들에 관한 것이다.

벌과 뱀

벌이 뱀의 머리에 앉아 끊임없이 침으로 쏘아대며 극심한 고통을 안겼
다. 그 고통을 견딜 수 없게 된 데다 그를 괴롭히는 적에게 달리 보복할
방법도 없던 뱀은 자기 머리를 수레바퀴 아래로 밀어 넣어 벌과 함께 죽
었다.

원수와 함께 죽는 것이라면 기꺼이 죽으려는 사람들이
있음을 보여주는 이야기다.

황소와 들염소들

사자에게 쫓기던 황소가 들염소들이 있는 굴속으로 들어가자, 들염소들이 뿔로 치받았다. 그러자 황소가 말했다. "너희가 나를 공격해도 내가 가만히 있는 것은 너희가 두렵기 때문이 아니라, 굴 바깥에 서 있는 자가 두렵기 때문이야."

자기보다 더 강한 자들이 두려워
자기보다 약한 자들의 오만방자함을 참고 감수하는 사람이 많다.

THE PEACOCK AND THE CRANE

공작과 두루미

공작이 두루미의 깃털 색을 비웃고 두루미를 조롱하며 이렇게 말했다. "나는 황금색과 자주색으로 된 깃털을 갖고 있지. 그런데 너는 날개라고 뭔가 달고 있기는 한데 전혀 아름답지가 않아." 그러자 두루미가 말했다. "하지만 나는 이 날개로 하늘 높이 날아올라 별들 가까이에서 노래하지. 그런데 너는 수탉처럼 저 아래에서 암탉들과 어울려 놀 뿐이구나."

비록 검소하게 생활하더라도 명예를 누리며 사는 것이
아무 명예도 없이 풍족하고 화려하게 사는 것보다 더 낫다.

공작과 갈까마귀

자신들을 다스릴 왕을 선출하기 위해 새들이 의논을 하는데, 공작이 자기 아름다움을 내세우며 왕이 되어야 마땅하다고 주장했다. 그래서 새들이 공작을 왕으로 뽑으려고 하자, 갈까마귀가 말했다. "네가 왕이 되었다고 하자. 그런 후에 독수리가 우리를 맹추격해왔을 때, 과연 너한테 우리를 도울 힘이 있을까?"

이 이야기는 미래에 있을 위험을 내다보고 미리 경고하는 자들을 꾸짖어서는 안 된다는 것을 보여준다.

매미와 여우

매미 한 마리가 높은 나무 위에서 노래하고 있었다. 여우가 그 매미를 잡아먹고 싶어서 한 가지 꾀를 생각해냈다. 그래서 매미를 마주 보고 서서, 매미의 아름다운 목소리에 감탄했다면서, 그런 아름다운 목소리로 노래하는 동물을 직접 보고 싶으니 내려오라고 말했다.

매미는 그것이 여우의 속임수일 수도 있다고 의심하고, 나뭇잎을 하나 따서 아래로 떨어뜨렸다. 여우는 그 나뭇잎을 매미로 착각하고는 달려들었다. 그러자 매미가 말했다. "이봐, 내가 내려간다고 생각했다면, 한참 잘못 생각한 거야. 여우 배설물 속에서 매미 날개를 보았던 그날 이후로 나는 여우를 늘 조심하고 경계해왔지."

현명한 사람들은 다른 사람이 겪은 불행을 보고
자신을 단속해서 조심하고 경계한다.

개미와 베짱이 (원제: 매미와 개미들)*

개미들이 겨울철에 축축해진 양식을 말리고 있었다.** 굶주려 허기진 매미가 개미들에게 양식을 좀 달라고 구걸했다. 개미들이 매미에게 말했다. "너는 왜 여름에 양식을 모아놓지 않았니?" 매미가 말했다. "온종일 노래해야 했기 때문에 그럴 여유가 없었어." 그러자 개미들이 조롱하며 이렇게 대답했다. "네가 여름철에는 피리를 불었으니, 겨울에는 춤을 추면 되겠네."***

이 우화는 괴로움과 위험을 겪지 않으려면
모든 일에서 소홀함이 있어서는 안 된다는 것을 보여준다.

---

* 이 우화는 흔히 "개미와 베짱이"로 알려져 있으나 원작 우화에는 베짱이 대신에 매미가 등장한다. — 편집자

** 그리스는 지중해성 기후여서 사계절 내내 따뜻하고 맑지만, 여름철은 상대적으로 고온 건조하고, 겨울철은 우기여서 습하다.

*** 매미는 날개 아래에 있는 진동막을 통해 큰 소리를 내는데, 이 우화에서는 그것을 "피리"로 비유한다. 고대 그리스에서 "피리"는 춤과 노래를 반주하는 용도로도 사용되었다.

벽과 말뚝[*]

말뚝이 벽을 강제로 뚫고 들어오자, 벽이 소리쳤다. "네게 잘못한 것이 전혀 없는데, 왜 너는 나를 뚫고 들어오는 것이냐?" 그러자 말뚝이 말했다. "그것은 내 탓이 아니라, 뒤에서 나를 세게 때리는 자가 그러는 거야."

[*] 이 우화에는 "교훈"이 없다.

궁수와 사자

어떤 노련한 궁수가 사냥하러 산으로 올라갔다. 그를 본 동물들이 모두 도망쳤지만, 오직 사자만은 궁수를 불러 세워 한번 싸워보자고 말했다. 궁수가 화살을 쏘아 사자를 명중시키고 나서 말했다. "잘 봐두거라. 이것이 나의 전령이다. 나도 곧 뒤따라가마."

상처를 입은 사자가 도망치기 시작했다. 여우가 사자를 향해 도망치지 말고 용기를 내라고 소리쳤다. 그러자 사자가 말했다. "그런 식으로 나를 우롱하지 마라. 전령이 이 정도로 지독한데, 그가 직접 내게 온다면 내가 그를 어떻게 당하겠느냐?"

나중에 결말이 어떻게 될 것인지를 처음부터 잘 생각해서 처신해야만 자신의 안전을 도모할 수 있다.

숫염소와 포도나무

어느 날 포도나무가 어린 싹을 틔웠더니, 숫염소가 그 싹들을 먹어치우기 시작했다. 그러자 포도나무가 숫염소에게 말했다. "너는 왜 내게 이런 식으로 피해를 입히는 것이냐? 다른 풀도 있지 않느냐? 사람들이 너를 제물로 바칠 때, 네게 필요한 만큼 포도주를 공급하는 것이 나라는 사실을 잊은 것이냐?"

다른 사람도 아닌 친구의 것을 훔치려는
배은망덕한 자들을 나무라는 우화다.

하이에나들

하이에나들은 해마다 성별이 바뀌어서 수컷이 되었다가 암컷이 되었다가 한다는 말이 있다.[*] 어느 날 수컷 하이에나가 암컷 하이에나와 부적절한 짝짓기를 하려고 했다. 그러자 암컷 하이에나가 말했다. "이봐, 만일 네가 이런 짓을 한다면, 내게 행한 짓을 머지않아 너도 당하게 됨을 기억해야 할 거야."

이것은 전임 집정관[**]에게 모욕을 당한 후임 집정관이 해줄 만한 이야기다.

---

[*]   하이에나의 성별이 바뀐다는 얘기는 고대 그리스 역사가 헤로도토스(기원전 484-425년경)에게서 나온 말인데, 고대 그리스의 철학자 아리스토텔레스(기원전 384-322년)는 자신의 글에서 이 말을 정면으로 부정한다.

[**] 여기에서 "집정관"으로 번역된 '아르콘'(ἄρχων)은 "제1인자, 통치자"를 뜻하는 말로, 고대 그리스의 도시국가들, 특히 아테네에서 귀족정 시기의 최고 관리였다.

하이에나와 여우

하이에나들은 해마다 성별이 바뀌어서 어떤 때는 수컷이 되고 어떤 때는 암컷이 된다는 말이 있다. 암컷 하이에나가 여우를 보고는, 자기는 여우와 친구가 되고 싶은데 여우는 거부한다며 여우를 원망했다. 그러자 여우가 말했다. "너는 내가 아니라 자신의 천성을 원망해야 할 거야. 해마다 성별을 바꾸는 천성 때문에, 나는 네가 여자 친구인지 남자 친구인지 알 수가 없거든."

이것은 애매모호한 태도를 취하는 사람들에게 해주는 이야기다.

누가 더 새끼를 잘 낳는지를 놓고 다툰
암퇘지와 암캐

암퇘지와 암캐가 서로 자기가 새끼를 더 잘 낳는다고 언쟁을 벌이고 있었다. 암캐는 네 발 달린 동물 중에서 자기가 가장 쉽게 새끼를 쑥쑥 잘 낳는다고 말했다. 그러자 암퇘지가 암캐에게 응수하며 말했다. "네가 그런 식으로 말한다면, 한 가지 해주고 싶은 말이 있지. 너는 눈먼 새끼들을 낳는다는 거야."

어떤 일을 잘했느냐의 여부를 판단할 때
신속함보다 완성도가 중요함을 보여주는 이야기다.

대머리 기수

대머리인 어떤 사람이 머리에 가발을 쓰고는 말을 타고 질주하고 있었다. 불어오는 바람에 가발이 벗겨지자, 거기 있던 사람들이 폭소를 터뜨렸다. 그러자 대머리 기수가 말을 세우고서는 말했다. "자기가 자라났던 원 주인도 버린 가발이 자기가 자란 곳도 아닌 머리에서 도망친 것이 뭐 그리 이상한 일이겠소?"

태어날 때 자연이 우리에게 주지 않은 것은 곁에 오래 머물러 있지 않고, 우리는 벌거벗은 모습으로 와서 동일한 모습으로 떠난다는 점을 생각할 때, 어떤 불행을 당한다고 해도 지나치게 슬퍼하거나 괴로워할 필요가 없다.

구두쇠

어떤 구두쇠가 자신의 전 재산을 금화로 바꾼 후에 금괴로 만들었다. 그러고는 어떤 장소에 묻고, 거기에 자기 영혼과 마음도 함께 묻었다. 그리고 매일 거기로 가서 그 금괴를 보았다. 그런데 일꾼 중 한 명이 그 구두쇠의 거동을 보고, 그 장소로 가서 땅을 파내다가 금괴를 발견하고는 가져가버렸다. 얼마 후에 그 장소로 갔다가 금괴를 묻어둔 곳이 비어 있는 것을 본 구두쇠는 머리를 쥐어뜯으면서 울고불고 난리를 치기 시작했다.

구두쇠가 이렇게 난리 치는 모습을 본 어떤 사람이 그 이유를 물어 알고 나서는 그에게 말했다. "이보시오, 절망하지 마시오. 당신에게 금이 있었을 때도 실제로는 갖고 있는 게 아니었소. 그러니 돌을 가져다가 거기에 묻어두고는 금이라고 생각하시오. 그러면 그 돌이 당신에게 금과 같은 역할을 하게 될 거요. 내가 알기로는, 당신에게 금이 있었을 때에도 당신은 그 금을 사용한 적이 없었기 때문이오."

재물은 사용하지 않으면 아무것도 아니라는 점을 이 우화는 보여준다.*

---

* 교훈 부분을 직역하면, "사용함이 없으면 재물은 아무것도 아님을 이 우화는 보여준다"이다. 여기에서는 말장난 기법을 사용하고 있다. 그리스어로 "재물"은 '크테시스'(κτῆσις)이고, "사용함"은 '크레시스'(χρῆσις)이다.

대장장이와 강아지

한 대장장이에게 강아지 한 마리가 있었다. 대장장이가 모루에서 쇠를 두드리고 있을 때, 강아지는 잠을 잤다. 그러다가 대장장이가 식사를 하면, 강아지는 그 옆에 서 있었다. 그러자 대장장이가 뼈다귀를 던져주면서 강아지에게 말했다. "이 얄미운 잠꾸러기 짐승아, 너는 내가 모루에서 쇠를 두드릴 때는 잠에 빠져 있다가, 내가 이를 움직이기 시작하면 즉시 깨어나는구나."

자기는 아무 일도 안 하고 빈둥거리면서, 다른 사람이 수고해서
얻은 것으로 살아가는 사람들을 꾸짖는 우화다.

겨울과 봄*

겨울이 봄을 조롱하고 꾸짖었다. 봄이 오자마자 사람들은 아무도 더 이상 가만히 있지 않고, 어떤 사람은 풀밭이나 숲으로 가서 백합과 장미 같은 꽃을 꺾어서 눈앞에서 빙빙 돌리다가 머리에 꽂으면서 행복해하고, 어떤 사람은 배를 타고 바다를 건너 다른 지역에 사는 사람들을 만나러 가며, 더 이상 폭풍이나 홍수를 두려워하지도 않는다는 것이었다.

겨울이 말했다. "나는 통치자, 그중에서도 폭군을 닮았지. 내 앞에서는 모든 사람이 두려워 떨며 감히 하늘을 쳐다보지 못하고, 눈을 내리깐 채 땅을 바라볼 뿐이지. 게다가 어떤 때는 나의 강요에 못 이겨 종일 집 안에 틀어박혀 있어야 하거든."

봄이 말했다. "그래서 사람들이 네게서 벗어나는 것을 기뻐하는 거야. 그렇지만 내 이름은 사람들이 다 좋아하지. 제우스를 걸고 맹세하건데, 내 이름은 모든 이름 중에서 가장 사랑받는 이름일 거야. 그래서 사람들은 내가 없을 때는 나를 추억하고 내가 다시 나타났을 때는 펄쩍펄쩍 뛰며 기뻐하지."

* 이 우화에는 "교훈"이 없다.

제비와 뱀

법정 안쪽에 둥지를 튼 제비가 밖으로 날아가서 자리를 비운 사이, 뱀이 기어 올라가서 새끼 제비들을 잡아먹어버렸다. 다시 돌아왔다가 빈 둥지를 발견한 제비는 슬픔으로 혼이 나가 애절하게 울었다.

다른 제비가 그 제비를 위로하기 위해, 너만 자식을 잃은 불행을 당한 게 아니라고 말했다. 그러자 그 제비가 대꾸했다. "내가 이렇게 슬퍼하는 이유는 자식을 잃은 이유도 있지만, 범죄로 피해를 보았을 때 도움을 기대하는 바로 그곳에서 범죄의 피해자가 되었기 때문이야."

이 이야기는 자기에게 피해를 주리라고는 전혀 생각하지도 않았던 사람들로부터 피해를 당했을 때 더 견디기 어렵다는 것을 보여준다.

누가 더 아름다운지를 놓고 언쟁을 벌인
제비와 갈까마귀

제비와 갈까마귀가 누가 더 아름다운지를 놓고 언쟁을 벌였다. 갈까마귀
가 제비에게 말했다. "너의 아름다움은 봄이라는 계절에만 만개하지만,
나의 몸은 겨울에도 끄떡 없지."

이 이야기는 아름다운 것보다는 오래 사는 것이 더 낫다는 것을 보여준다.

제비와 새들

겨우살이가 자라나기 시작하는 것을 본 제비는 새들에게 곧 닥칠 위험을 느꼈다. 그래서 모든 새들을 불러모아 놓고, 참나무에서 겨우살이를 떼어내 버리든가, 그것이 불가능하다면 사람들을 찾아가서 새들을 잡는 데 겨우살이에서 나오는 끈끈이를 사용하지 말아달라고 사정해야 한다고 충고했다.

다른 새들이 모두 얼빠진 소리를 한다고 제비를 비웃자, 제비는 홀로 사람들을 찾아가 사정했다. 사람들은 제비의 현명함을 보고 그를 받아들여 사람들 사이에서 함께 살도록 했다. 이렇게 해서 다른 새들은 사람들에게 잡아먹혔지만, 오직 제비만은 사람들이 살아가는 집에 아무런 염려 없이 둥지를 틀면서 사람들의 보호까지 받으며 지내게 되었다.

장래 일어날 일을 미리 내다보고 대비하는 사람은
위험을 피할 수 있음을 보여주는 이야기다.

허풍쟁이 제비와 붉은부리까마귀

제비가 붉은부리까마귀에게 "나는 처녀이고, 아테네 사람이며, 공주고, 아테네 왕의 딸이야"라고 말하고는, 테레우스가 자기를 겁탈하고 혀를 잘라버렸다고 계속 이야기를 이어갔다. 그러자 붉은부리까마귀가 말했다. "네가 혀를 잘리고서도 이렇게 허풍을 떠는데, 만일 혀가 잘리지 않았다면 어땠을까?"*

허풍쟁이들은 거짓말을 늘어놓으면서 자신의 허풍을 증명한다.

---

* 이 우화는 그리스 신화에 나오는 이야기를 토대로 한 것이다. 트라키아의 왕이었던 테레우스는 아테네의 왕 판디온의 공주 프로크네와 결혼했지만, 처제인 필로멜라에게 반해 그녀를 겁탈하고 나서 그 사실을 은폐하기 위해 그녀의 혀를 자른 후에 감금해버렸다. 이것을 알게 된 프로크네는 원수를 갚기 위해 자신과 테레우스 사이에 낳은 아들 이티스를 죽였다. 테레우스가 두 자매를 죽이려고 하자 두 자매는 신들에게 기도했고, 신들은 테레우스는 매로, 프로크네는 나이팅게일로, 필로멜라는 제비로 변신시켰다. 이 우화에서 제비는 마치 자기가 진짜 필로멜라인 것처럼 행세하고 있다.

거북이와 독수리

거북이가 독수리에게 나는 법을 가르쳐달라고 간청했다. 거북이는 천성적으로 날 수 없게 되어 있다고 독수리가 말해주었지만, 그럴수록 거북이는 더욱 끈질기게 매달렸다. 결국 독수리는 거북이를 자기 발톱으로 움켜잡고 공중으로 높이 날아오른 다음에 놓아버렸다. 그러자 거북이는 바위 위에 떨어져서 산산조각이 나고 말았다.

이 우화는 자신보다 더 현명한 이들의 충고를 무시하고
다른 사람을 이겨먹으려 하다가는 스스로 화를 입게 됨을 보여준다.

토끼와 거북이

거북이와 토끼가 누가 더 빠른지를 놓고 언쟁을 벌이다가, 결승점을 정한 후에 거기에 먼저 도착하는 쪽이 이긴 것으로 정하고 서로 헤어져 각자 경주를 시작했다.

토끼는 자기가 천성적으로 빠르다는 것을 믿고는 서둘러 출발하지 않고, 길가에 누워 잠을 잤다. 반면에 거북이는 자기가 느리다는 것을 알고 있었기 때문에 쉬지 않고 달렸다. 이렇게 해서 토끼가 잠들어 있는 사이에 거북이는 먼저 결승점에 도착해 경주에서 승리했다.

천부적인 재능이 있으면서도 그 재능을 소홀히 하는 사람이
열심히 노력하는 사람에게 지는 때가 종종 있음을 보여주는 이야기다.

거위들과 두루미들

거위들과 두루미들이 한 늪지에서 먹이를 잡아먹고 있었다. 사냥꾼이 나타났을 때, 몸이 가벼운 두루미들은 날아가버린 반면에, 몸이 무거워 그 자리에 있던 거위들은 사로잡혔다.

나라에 전쟁이 일어나면 가난한 자들은 이곳저곳으로 쉽게 옮겨 다니면서
자기 목숨을 구하고 자유를 지킬 수 있지만,
부자들은 종종 많은 재산에 발목이 잡혀 노예가 되고 만다.

항아리들

토기항아리와 청동항아리가 나란히 강물에 떠내려가고 있었다. 그러자 토기항아리가 청동항아리에게 말했다. "내게서 멀리 떨어져 헤엄치고, 내 옆으로는 오지 마. 네가 내게 부딪치면, 나는 산산조각이 나고 말 거야. 얼떨결에 내가 너를 건드려도 마찬가지가 될 거고."

남의 것을 빼앗아가는 탐욕스러운 관리를 이웃으로 둔 가난한 사람은
늘 불안한 삶을 살아간다.

앵무새와 족제비

어떤 사람이 앵무새를 사와서 집 안에 풀어놓고 자유롭게 날아다니게 했다. 그 집에 금방 익숙해진 앵무새는 화로 위로 뛰어올라가 거기에 앉아서 유쾌한 목소리로 시끄럽게 조잘거리기 시작했다. 그런 모습을 지켜보던 족제비가 앵무새에게 너는 누구며 어디서 왔느냐고 물었다. 앵무새가 "주인님이 얼마 전에 나를 사오셨어"라고 대답했다.

족제비가 말했다. "주인님은 이 집에서 태어난 내게도 조용히 하라 하시고, 내가 가끔 소리 지르면 화를 내며 밖으로 쫓아내시는데, 여기 온지 얼마 되지도 않은 네가 이렇게 시끄럽게 소리를 지르다니, 정말 뻔뻔하기 짝이 없는 짐승이구나."

그러자 앵무새가 말했다. "네가 주인님이라도 되는 거냐? 내 앞에서 사라지라고! 너와 나는 서로 비교대상이 될 수 없다는 걸 알아야지. 네 목소리는 주인님을 짜증 나게 하지만, 내 목소리는 그렇지 않거든."

늘 남을 헐뜯고 비판하는 것이 습관이 된
악의적인 사람들에게 들려주는 이야기다.

벼룩과 격투기 선수

어느 날 벼룩이 병든 격투기 선수의 발가락 위로 뛰어올라가서 그곳을
세게 물었다. 화가 난 격투기 선수가 손톱으로 벼룩을 으깨어 죽이려고
했다. 하지만 벼룩은 아무 일 없다는 듯이 태연히 펄쩍 뛰어 달아나 죽음
을 면했다.

그러자 격투기 선수가 한숨을 푹 쉬며 말했다. "헤라클레스시여,* 당신
은 내가 벼룩을 이기는 것조차 돕지 않으시는데, 격투장에서 대적과 맞섰
을 때 당신에게서 무슨 도움을 기대할 수 있겠습니까?"

이 이야기는 온갖 사소한 일들에서 신들의 도움을 구해서는 안 되고,
좀 더 절박한 상황을 만났을 때 신들의 도움을 구해야 함을 가르쳐준다.

---

* "헤라클레스"는 메두사의 목을 벤 영웅인 페르세우스의 후손 알크메네와 제우스가 동침
하여 얻은 아들이다. 헤라클레스는 열두 가지의 힘든 과업을 성공적으로 수행해냄으로
써 그리스 신화에서 최고 영웅으로 등극했고, 나중에는 신의 반열에 오른다. 그래서 격
투기 선수가 헤라클레스를 자신의 수호신으로 숭배했던 것으로 보인다.

벼룩과 사람

어느 날 벼룩이 어떤 사람을 자꾸 무는 바람에 그가 짜증이 많이 났다. 그 사람은 벼룩을 잡은 후에 이렇게 말했다. "도대체 네가 뭐라고 이렇게 나를 먹잇감으로 삼아 온몸을 뜯어먹는 것이냐?" 벼룩이 대답했다. "이것이 우리가 살아가는 방식이기 때문이죠. 그래도 나는 큰 악행을 저지를 수는 없으니까, 제발 나를 죽이지는 말아주세요."

그 사람이 웃으며 벼룩에게 이렇게 말했다. "너는 이제 내 손에 죽게 될 거야. 크든 작든 모든 악행은 처음부터 일어나지 않아야 마땅하기 때문이지."

강한 자든 약한 자든 악인을 동정해서는 안 된다는 것을 보여주는 우화다.

벼룩과 황소

어느 날 벼룩이 황소에게 물었다. "나는 사람들의 살을 처절하게 찢어 그
들의 피를 인정사정없이 쭉쭉 빨아먹지. 그런데 왜 너는 이렇게 몸집도
크고 힘도 센데, 온종일 사람들의 종이 되어 죽도록 일만 하는 것이냐?"
　황소가 대답했다. "나는 인간이라는 종족에게 배은망덕할 수 없어. 그
들은 나를 사랑하고 예뻐하는 데다, 자주 나의 이마와 어깨를 만져주기
때문이지." 그러자 벼룩이 말했다. "너는 사람들의 애무를 좋아하겠지만
내가 운 나쁘게 사람들에게 잡혀 애무를 당하면 내게는 처절한 재앙이
되지."

큰소리를 치며 허풍을 떠는 자들은
아주 작은 일에서 그 허풍이 금방 드러난다.

박문재

1. 우화의 정의와 기원

우화는 인간 이외의 동식물이 마치 인간과 동일한 동기와 감정으로 행동하고 말하는 것처럼 묘사하면서, 풍자를 통해 교훈이나 처세술을 가르치는 설화를 의미한다. 우화가 일반적인 설화나 비유와 다른 독특한 점은 그 일차적인 목적이 도덕적인 교훈을 제시한다는 데 있다. 오늘날 학자들의 연구에 따르면, 이솝 우화 같은 형태의 우화는 일찍이 기원전 3천 년경부터 수메르어와 아카드어*로 존재했다고 한다. 그 후로 본격적으로 발전된 고대 우화로는 그리스 우화 외에도 아프리카 우화와 인도 우화가 유명하다.

먼저, 아프리카 구전 문학에는 스토리텔링과 관련된 풍부한 전통이 있었다. 그곳에서 살아온 사람들은 세계의 그 어느 곳보다도 더 자연과 밀

---

* 수메르어(Sumer語)와 아카드어(Akkad語)는 둘 다 고대 메소포타미아 지방에서 쓰인 언어다. —편집자

착해 살아가면서 동물과 식물은 물론 강과 평야와 산에 친숙했다. 때문에 어른들이 자녀에게 삶의 교훈을 가르쳐주려 할 때 우화를 그 수단으로 사용한 것은 어쩌면 아주 자연스러운 일이었다. 이런 아프리카 우화와 아메리카 우화를 집대성한 것으로는 미국의 저널리스트이자 작가였던 조엘 챈들러 해리스(Joel Chandler Harris, 1848-1908년)가 1881년에 펴낸 책이 있다. 그는 책에서 "레무스 아저씨"(Uncle Remus)라는 가상의 인물을 등장시켜 그 인물이 이야기를 들려주는 것으로 설정했다.

다음으로 인도의 우화다. 인도의 전통 종교인 힌두교에 등장하는 신들이 대부분 아주 다양한 형태의 동물 모습이라는 사실이 보여주듯이, 고대 인도에서는 기원전 1천 년경에 많은 동물을 등장시켜 수백 가지의 우화를 만들어냈다. 인도 우화의 특징은 이솝 우화보다 더 길다는 점, 동물들이 주로 속임수를 써서 서로 기지를 능가하려 한다는 점, 그리고 사람이 동물보다 결코 우월하지 않게 묘사된다는 점이다.

고대 그리스의 경우, 최고의 서사 시인이었던 호메로스가 활동하던 기원전 8세기에는 우화가 존재하지 않았다. 하지만 그 직후 몇몇 그리스 시에서 우화가 등장한다. 예컨대, 기원전 700년경에 고대 그리스 보이오티아 출신의 서사 시인 헤시오도스는 자신의 대표작『일과 날』에서 매와 밤에 관한 우화를 이야기한다. 또한 파로스 섬 출신의 서정 시인 아르킬로코스(기원전 680-645년경)의 글 중에 남은 단편들에는 독수리와 암여우 그리고 여우와 원숭이에 관한 두 편의 우화가 담겨 있다.

현재 우리가 아는 한, 고대 그리스인 중에서 우화를 본격적으로 만들어낸 사람들은 소아시아에 살던 그리스인이었던 것으로 보인다. 소아시아는 우화에 자주 등장하듯 사자가 출몰하는 지역이었고, 전승에 따르면 우화 작가인 이솝이 태어난 곳이기도 하다.

2. 이솝이라는 인물

우리가 통상적으로 사용하는 "이솝"(Aesop)은 영어식 이름이다. 그는 고대 그리스의 우화 작가로, 원래 이름은 "아이소포스"(Αἴσωπος, 기원전 620-564년경)다. 하지만 이 책에서는 관행을 따라 "이솝"이라는 이름을 사용했다. 이솝이 쓴 우화는 무척 유명하지만, 그에 대한 확실한 기록은 사실 남아 있지 않다. 그럼에도 기원전 6세기 후반에 이르자 이솝은 그리스에서 누구나 아는 이름이 되어 있었고, 여러 우화 작가 중 한 사람이 아니라 독보적인 작가로 통했다. 플라톤이 쓴 『파이돈』에는 소크라테스(기원전 460-399년)가 사형 집행을 앞두고 감옥에서 이솝 우화들을 노래 가사로 바꾸려는 시도를 조금 해봤다고 말하는 대목이 나온다.

그리스 역사가인 헤로도토스(기원전 484-425년경)는 대표작 『역사』에서 이솝이 실존 인물이라고 말하면서, 기원전 5세기 중후반에 우화들을 썼고, 그리스의 도시국가 중 하나인 사모스 섬 사람 이아드몬의 노예였으며, 델포이 사람들에게 살해되었다고 적고 있다. 그러면서 이솝은 아주 유명한 사람이었고, 그가 죽은 장소와 어떻게 죽게 되었는지는 모두가 잘 알고 있었다고 말한다.

고대 그리스의 희극 시인이자 풍자 작가였던 아리스토파네스(기원전 445-385년경)는 델포이 신전에서 황금 잔을 훔친 이솝을 델포이 사람들이 고발했다고 말하고, 고대 그리스의 저술가였던 플루타르코스(46-120년경)는 불경죄를 저지른 이솝을 델포이 사람들이 낭떠러지에서 떠밀었다고 말한다.

고대 그리스 철학자 아리스토텔레스(기원전 384-322년)를 비롯한 초기의 그리스 자료들을 보면, 이솝은 기원전 620년경 흑해 연안에 있는 트라키아 지방에서 태어났다. 트라키아는 아리스토텔레스의 출신지이기도 했다. 그 후에 로마 제정 시대의 몇몇 저술가는 이솝의 출신지를 소아시아의 고대 국가 프리기아라고도 했는데, 프리기아는 소아시아의 중서부에 있었고 북쪽은 에게해 및 흑해와 접해 있었다. 앞에서 말했듯이, 소아시아는 고대 그리스 우화가 탄생한 지역이기도 했다.

아리스토텔레스와 헤로도토스는 이솝이 고대 그리스 도시국가였던 사모스의 노예였으며, 그의 주인은 처음에는 크산토스였고 그 후에는 이아드몬이었다고 말한다. 또한 노예 이솝이 부유한 사모스 사람이었던 주인을 변호해준 공로로 자유민이 되었고, 델포이에서 최후를 맞이했다고 전한다. 플루타르코스에 의하면, 이솝은 자유민이 되고 나서 일곱 현인*과 어울렸고, 그런 후에 리디아의 왕 크로이소스(재위 기원전 560-546년경)의 외교사절로 델포이로 파견되었다가, 델포이 사람들을 모독하여 미움을 사서 신전 성물을 훔친 죄로 고발되어 낭떠러지에서 던져져 죽었다고 한다.

회자되어온 이런저런 이야기를 모아 쓰인 이솝의 전기로는 『이솝 이야기』가 있다. 『이솝의 생애』 또는 『철학자 크산토스와 그의 노예 이솝』으로도 알려진 이 책은 기원후 1세기에 쓰인 것으로 보이지만, 이전에 구전으로 떠돌던 이야기도 들어 있다. 이 책에 따르면, 이솝은 프리기아 출신으로 사모스 섬에서 노예로 살아갔는데 지독하게 못생겼었다고 한다. 그는 처음에는 말도 잘하지 못했는데, 이시스의 여제관들에게 호의를 베푼 일로 이시스 여신이 그가 말을 잘하게 해주었을 뿐만 아니라 기지 넘치는 이야기를 할 수 있는 능력을 주었다. 그래서 이솝은 자신의 그러한 재주로 학생들의 질문에 당황하는 자신의 주인이자 철학자였던 크산토스를

---

* 기원전 620년부터 550년 사이 고대 그리스에서 활동한 인물들 중에서 가장 지혜롭다고 알려진 일곱 사람. 일반적으로 클레오불로스, 페리안드로스, 피타코스, 비아스, 탈레스, 케일론, 솔론을 이른다.

도왔고, 사모스 백성을 위해 징조를 해석해주었으며, 그 덕분에 노예 신분에서 해방될 수 있었다. 후에 그는 사모스 사람의 외교사절이 되어 리디아의 왕 크로이소스와 협상을 벌이고, 바빌론의 리쿠르구스 왕과 이집트 넥타네보 왕의 궁정에도 찾아간다.

『이솝 이야기』는 이솝이 델포이로 가서 협상을 하다가 이 책에 4번째로 나오는 "독수리와 쇠똥구리"에 관한 우화를 말해 델포이 사람들을 격노하게 해서 죽임당하는 것으로 끝이 난다.

3. 이솝 우화의 전승 과정

이솝이 직접 쓴 우화 책은 존재하지 않기 때문에, 그의 우화들은 오랫동안 구전으로 전해지면서 사람들이 단편적으로 기록한 것이다. 이솝 우화들은 기지와 해학으로 가득했기 때문에, 희극 풍자 작가였던 아리스토파네스(기원전 445-385년경)가 대단히 좋아한 것도 이상한 일이 아니었다. 실제로 현존하는 작품들 속에서 이솝과 이솝의 몇몇 우화가 언급되는데, 이것을 보면서 이솝 우화가 당시에 부분적으로나마 책의 형태로 존재했음을 보여주는 근거로 삼을 수 있다.

하지만 이솝과 그의 우화를 본격적으로 연구한 사람은 아리스토텔레스(기원전 384-322년)였다. 수수께끼나 격언, 민담들을 체계적으로 수집해 연구했던 그라면 이솝 우화도 수집했을 가능성이 크다. 실제로 그의 글 속에는 이 책에 나오는 19번째 우화(조선소에 간 이솝)와 124번째 우화(제우스와 프로메테우스와 아테나와 모모스)의 이본(異本)들이 기록되어 있다.

이솝 우화를 모아 간행한 최초의 사람은 기원전 4세기의 아테네 대중 연설가이자 정치인이었던 팔레룸의 데메트리오스(Demetrios of Phalerum)였다. 아리스토텔레스의 추종자였던 그는 대중연설가들이 사용할 수 있도록 이솝 우화를 10권의 책으로 펴냈다. 이렇게 해서 그의 저작은 이후 12세기 동안 공식적인 이솝 우화집으로 자주 언급되었지만, 지금은 그 사본을 찾을 수 없다. 현존하는 가장 오래된 이솝 우화 모음집은 기원후 1세기에 바브리우스(Babrius)가 160편의 우화를 모아 편찬한 판본이고, 이후에 나온 것들은 이 판본을 토대로 하고 있다.

최초로 이솝 우화를 라틴어로 번역해서 책을 펴낸 사람은 기원후 1세기에 살았던 아우구스투스의 해방노예 파에드루스(Phaedrus)였지만, 이후 중세 시대에 나온 거의 모든 라틴어판 이솝 우화들은 10세기에 로물루스라는 우화 작가가 펴낸 책을 대본으로 했다. 그는 파에드루스의 판본을 토대로 이솝 우화 83편을 산문으로 만들었다.

4. 이솝 우화의 특징

20세기의 저명한 이솝 연구자 중 한 사람인 페리(B. E. Perry)는 원래 이솝 우화들은 신화적인 요소를 지니고 있었다고 본다. 즉, 이솝은 어떤 것이 어떤 식으로, 또는 왜 생겨나게 되었는지에 관한 기이한 신화들을 가져와서 그것을 재미있게 조금 비틀어 교훈이 담긴 우화로 만들어냈다는 것이다. 이 책에 나오는 우화 중에서 73번(북풍과 해), 120번(제우스와 사람들), 121번(제우스와 아폴론), 123번(제우스와 좋은 것들이 담긴 단지), 124번(제우스와 프로메테우스와 아테나와 모모스), 126번(재판장 제우스), 210번(사자와 프로메테우스와 코끼리), 234번(벌들과 제우스), 291번(사람의 발에 밟히는 뱀과 제우스), 298번(공탁금을 맡은 사람과 맹세의 신), 319번(전쟁과 오만), 322번(프로메테우스와 사람들)이 그 대표적인 예들이다. 하지만 이 우화들이 회자되면서, 후대로 갈수록 거기 나오는 신들의 신화적인 정체성이 바뀌었을 뿐만 아니라, 점점 "비신화화" 과정을 거치면서 원래의 신화적인 요소가 제거되고 그 자리를 중립적인 성격을 지닌 자연 세력이 채우게 되었다.

또한 페리는 원래의 이솝 우화인지 아닌지를 판별하는 또 하나의 기준으로 '로고스'(λόγος)라는 단어의 사용을 든다. 알렉산드로스 대왕에서 시작된 헬레니즘 시대 이전에는 우화를 로고스라고 부르는 경향이 우세했지만, 그 이후로 로고스는 진부한 용어가 되어버려서 '뮈토스'(μῦθος)라는 단어가 대신 사용되었다는 것이다. 거의 모든 우화들의 "교훈" 부분은 세 가지 유형으로 되어 있는데, 첫 번째 유형은 "이 '로고스'는 … 를 보여준다"로 되어 있고, 두 번째 유형은 "이 '뮈토스'는 … 를 보여준다"로 되어 있으며, 세 번째 유형은 "이처럼 … 이다" 또는 "… 것이다"로 되어 있다. 따라서 페리의 주장에 의하면, 이 유형들 중에서 로고스를 사용한 첫 번째 유형이 뮈토스를 사용한 두 번째 유형보다 더 오래된 것이다. 현대지성 클래식『이솝 우화』에서는 이 둘을 구별하기 위해 로고스는 "이야기"로, 뮈토스는 "우화"로 번역했다.

이솝 우화에는 "교훈"이 붙어 있는 경우가 거의 대부분이지만, 이 교훈 부분은 이솝이 직접 말하거나 쓴 것은 아니고 이솝 우화를 수집한 사람들이 덧붙인 것들이다. 그중에서 "이 이야기(또는 '이 우화')는 … 를 보여준다"로 되어 있는 유형의 교훈들은 이솝 우화를 수집했던 대중연설가나 수사학자들이 실제 연설이나 웅변에서 사용하기 편리하도록 그 주제를 짧막하게 적어놓은 것으로 보인다. 이솝 우화가 지금까지 보존되어 온 데는 대중연설가나 수사학자들의 실용적인 목적이 크게 기여했다.

많은 사람은 이솝 우화가 어린이를 대상으로 한 재미있고 교훈적인 이야기라고 알고 있지만, 사실은 전혀 그렇지 않다. 이솝 우화는 성인들을 일깨우기 위한 것이었고, 대중연설가나 수사학자들이 대중의 관심을 끌면서 자신이 말하려는 것들을 재미있고 재치 있게 제시하고자 사용했다. 따라서 어린이를 위한 이솝 우화의 대부분은 원래의 이솝 우화를 거의 완전히 개작하다시피 한 것으로 그 뼈대만 겨우 남아 있을 뿐이다. 이솝 우화 중에서 좀 더 기괴하고 신화적인 편에 속하는 100여개에 달하는 우화들은 단 한 번도 영어로 번역된 적이 없었던 것으로 보인다.

영어로 번역된 이솝 우화들은 많이 각색되고 분칠되어 빅토리아 시대의 도덕을 대변하는 것으로 변모되었고, 그러면서 서양인 사이에서 꼭 읽어야 할 대중 고전으로 인정받게 되었다. 하지만 사실 이솝 우화의 성격은 그런 것과는 거리가 있다. 이솝 우화의 세계는 야만적이고 거칠며 잔인하고 자비나 동정이 없으며, 폭군이 다스리는 체제 외의 다른 정치체제는 나오지 않는다. 그 세계는 잔인함과 무자비함을 보여주며 교활함, 사악함, 살인, 속임수, 사기, 남의 불행을 고소해하는 것, 조롱, 경멸이 주를 이룬다. 고대 그리스의 도덕을 반영하는 이솝 우화를 보면 당시에 다른 사람에 대한 동정을 권장하는 사회 분위기는 존재하지 않았다는 사실을 알 수 있다. 이솝 우화는 동물 세계와 인간 세상 둘 모두에 정글의 법칙이 존재한다고 전제한다. 아마도 동물 이야기를 통해 인간 세계를 묘사하는 것이 적절했던 이유이기도 할 것이다.

또한 이솝 우화는 평범한 고대 그리스 사람의 일상적인 삶과 함께 그들이 경험 속에서 얻은 지혜들을 담고 있다는 점을 알아야 한다. 거기에는 농민과 상인들이 나오는데, 우리는 우화를 읽으며 그들이 어떤 생각을 지녔고 어떻게 살아갔는지를 알게 된다. 플라톤을 비롯한 고전 저술가들의 글에서는 이런 부분을 알 수 없다. 이솝 우화에는 귀족이나 지식인이 아니라, 고대 그리스에서 살다간 평범한 사람들의 민낯이 그대로 드러난다. 농민들의 거친 유머와 농담이 우화 전체에 걸쳐 등장한다.

끝으로, 이솝 우화에는 고대 그리스에는 존재하지 않았던 동물들이 자주 나온다. 사자, 코끼리, 원숭이, 이집트 코브라, 낙타 등이 그렇다. 따라서 그 이유를 살필 필요가 있다. 이솝 우화 중에서 상당 부분을 차지하는 이런 우화들은 그리스 외 다른 지역에서 유래한 것일까? 여기에서 우리가 주목하는 사실은 아리스토텔레스가 이솝 우화와 함께 "리비아 우화들"도 연구했다는 것이다. "리비아 우화들"은 리비아에서 유래한 우화들인데, 거기에는 사자와 자칼과 낙타가 많았다. 그리고 여기에서 이솝이 리비아 출신이라는 설과 노예로 잡혀온 아프리카 흑인이라는 설이 나온 것으로 보인다. 만일 그 설이 맞다면 이솝은 145번 우화(낙타와 코끼리와 원숭이)에 나오는, 코끼리가 새끼 돼지를 무서워한다는 것과 같은 습성들을 충분히 잘 알고 있었을 것이다. 반면에 원래 리비아 우화에 속했던 것들이 후대에 이솝 우화에 끼어들었을 가능성도 얼마든지 있다. 전승 과정에서 원래 이솝이 말한 우화가 아닌 것들도 이솝 우화인 양 회자된 경우가 비일비재했기 때문이다. 그래서 이솝 우화는 그 수가 확정되어 있지 않고, 적게는 몇십 개에서 많게는 600개로 추정된다.

5. 텍스트

영어로 번역된 이솝 우화로 가장 대중적인 것은 George Fyler Townsend, *Three Hundred Æsop's Fables* (George Routledge & Sons: London, 1867)였는데, 여기에는 312개의 우화가 수록되어 있다. 영어로 된 이솝 우화를 가장 많이 담고 있는 것으로는 Oxford World Classics로 나온 Laura Gibbs, *Aesop's Fables. A new translation*(Oxford University Press: Oxford, 2002)이 있고, 600개의 우화가 실려 있다. 또한 Loeb Classical Library로 나온 Ben Perry, *Babrius and Phaedrus*(Harvard University Press: Cambridge, 1965)가 있는데, 143개의 우화와 그

리스어 텍스트가 실려 있고, 584개에 달하는 이솝 우화에 대한 광범위한 색인이 수록되어 있다.

　이 책에서 텍스트로 사용한 것은 1927년에 에밀 샹브리(Émile Chambry)가 간행한 *Ésope Fables, Texte Établi et Traduit par Émile Chambry*(Collection des Universités de France: Paris, 1927)이다. 이 판본에서 샹브리는 358개의 우화에 그리스어 알파벳 순서로 번호를 매긴 뒤 각 우화의 그리스어 원문과 프랑스어 번역문을 배열해놓았다. 초판은 원래 두 권으로 1925-1926년에 Belles Lettres 총서로 간행되었는데, 이후 수록된 우화 중 수백 개의 이본을 빼고 358개를 추려 단권으로 펴냈다.

옮긴이 **박문재**

서울대학교 법과대학 법학과와 장로회신학대학교 신학대학원 및 동 대학원을 졸업했으며, 독일 보쿰 Bochum 대학교에서 수학했다. 또한 고전어 연구 기관인 Biblica Academia에서 오랫동안 고대 그리스 어와 라틴어를 익히고, 고대 그리스어와 라틴어로 쓰인 저서들을 공부했다. 대학 시절에는 역사와 철 학을 두루 공부하였으며, 전문 번역가로 30년 이상 신학과 인문학 도서를 번역해왔다. 역서로는 『자유 론』(존 스튜어트 밀), 『프로테스탄트 윤리와 자본주의 정신』(막스 베버), 『실낙원』(존 밀턴) 등이 있고, 라 틴어 원전 번역한 책으로 『고백록』(아우구스티누스), 『철학의 위안』(보에티우스) 등이 있다. 그리스어 원 전에서 옮긴 아우렐리우스의 『명상록』과 『소크라테스의 변명·크리톤·파이돈·향연』, 『아리스토텔레스 수사학』은 매끄러운 번역으로 독자들의 호평을 받고 있다.

현대지성 클래식 32

이솝 우화 전집

1판 1쇄 발행 2020년 10월 19일
1판 6쇄 발행 2023년 11월 29일

지은이 이솝
그린이 아서 래컴 외
옮긴이 박문재
발행인 박명곤 **CEO** 박지성 **CFO** 김영은
기획편집1팀 채대광, 김준원, 이승미, 이상지
기획편집2팀 박일귀, 이은빈, 강민형, 이지은
디자인팀 구경표, 구혜민, 임지선
마케팅팀 임우열, 김은지, 이호, 최고은

펴낸곳 (주)현대지성
출판등록 제406-2014-000124호
전화 070-7791-2136 **팩스** 0303-3444-2136
주소 서울시 강서구 마곡중앙6로 40, 장흥빌딩 10층
홈페이지 www.hdjisung.com **이메일** support@hdjisung.com
제작처 영신사

ⓒ 현대지성 2020

"Curious and Creative people make Inspiring Contents"
현대지성은 여러분의 의견 하나하나를 소중히 받고 있습니다.
원고 투고, 오탈자 제보, 제휴 제안은 support@hdjisung.com으로 보내 주세요.

현대지성 홈페이지

현대지성 클래식 살펴보기